人民东方出版传媒
東方出版社

斯琴格日乐 著

我的梦离你有多远

图书在版编目（CIP）数据

我的梦离你有多远 / 斯琴格日乐 著 . — 北京 : 东方出版社 , 2014.12
ISBN 978-7-5060-7697-5

Ⅰ . ①我… Ⅱ . ①斯… Ⅲ . ①散文集 – 中国 – 当代 Ⅳ . ① I267

中国版本图书馆 CIP 数据核字 (2014) 第 191696 号

我的梦离你有多远
（WO DE MENG LI NI YOU DUOYUAN）

作　　者：斯琴格日乐
责任编辑：蒋芳仪
出　　版：东方出版社
发　　行：人民东方出版传媒有限公司
地　　址：北京市东城区朝阳门内大街 166 号
邮政编码：100706
印　　刷：北京京都六环印刷厂
版　　次：2015 年 4 月第 1 版
印　　次：2015 年 4 月第 1 次印刷
印　　数：1—8 000 册
开　　本：690 毫米 ×990 毫米　1/16
印　　张：15.5
字　　数：80 千字
书　　号：ISBN 978-7-5060-7697-5
定　　价：48.00 元
发行电话：（010）64258117　64258115　64258112

自序

她是从哪“冒”出来的?

当我出现在大众视野的时候听到最多的赞美可能就是这句话了。那时我就想，如果有机会我一定要告诉大家我是从哪“冒”出来的。我一定告诉大家我“冒”出来之前的生活状态和经历是个什么样子，这样他们就会说，哦！难怪。

那些经历即使现在看来也太过与众不同，甚至有些疯狂。放弃自己的舞蹈专业，放弃上大学的机会，辞去歌舞团稳定的工作南下广东夜总会去做一个没有任何保障的伴奏乐手，而这些仅仅就为能攒够买一把音色纯正的好贝斯的钱，然后去北京实现摇滚梦想。多不可思议，多么大胆又是多么义无反顾的决定……那是我选择的生活，鲁莽（在这里不提倡小朋友们模仿）却又充满各种未知可能的“水深火热”的生活。一切都是为了心里头的那个音乐梦想，甚至想都没想过如果失败了该怎么走下去。

今天看来，绝不是因为我的鲁莽决定让我成功，而是，那么多年对音乐的喜爱、坚持和勤奋。曾经十几年如一日地坚持每天练三个小时琴，为了一本好的贝斯教材可以把自己关在房间练好几天。饿了方便面，渴了白开水。最多的时候，担任过六个乐队的贝斯手。那意味着，除了自己必须练的三个小时琴，每一天的剩余时间都是在排练、演出或者去排练、演出的路上。会省下晚饭钱，去买一张出色的唱片；也会省下打车的钱，从北城走到东城，去看一个好乐队的现场。那时的我几乎瘦成了皮包骨，见到的人没有不惊呼的。但我却毫不在意，因为我有着其他人无法体会的充实快乐的内心世界。

所以，我想说，除了永不放弃梦想和努力勤奋，其实真没有其他捷径。机会，永远眷顾那些已经做好准备的人，这句话虽老却是永恒的真理。 每一个人都有梦，而我的离你有多远呢？其实只要你伸手去够，很用心很努力地去够。

写完这些文字的时候，是 2005 年。那时父亲还健在，夏季黄昏柔和的橙色阳光下经常看见父亲在摆弄院子里他自己种的那些个花草。父亲会把长得很奇特的小小西红柿或者一些打了籽的花带回家给我做礼物……这样的情景如今已成记忆中抹不去的痕迹。在这里我没有对 2005 年的这些关于父亲的文字多做改动，多希望爱看书的父亲还在。父亲是因为肺衰竭于 2013 年的夏季离开的，可是一生正直节俭的父亲连烟都没有碰过。

在没有父亲的岁月里，母亲顽强地挺直腰背，依然乐观地面对她自己余下的岁月，可是迅速的消瘦和锐减的饭量却透露出了她内心由于失去丈夫而无法康复的伤。之后母亲开始写作。母亲说父亲走得太匆忙，什么都没来得及交代，而她自己不会这样，她要把一切都交代得清清楚楚，不让自己遗憾，不让我们麻烦。我令人敬佩又顽强的母亲啊，但愿我老去的时候也能像您那样面对生活。

在母亲的文字里，我才知道了我们家族那么多的往事——姥爷的身份、姥姥的顽强、父亲在“文革”时期被打成“内人党”（内蒙古人民革命党）的事情和姐姐们的儿时情景，甚至还有一些特别的细节，比如，还是婴儿时候的我，在大人们一说“发电”，就马上攥起小小的肉肉的拳头在嘴里发出嗡嗡的声音……

经过母亲同意，我的书附上了她记录我们几个姐妹的文字。感谢我的母亲。

在这本书里，我写了我的父母、我的姐妹、我的初恋、我的朋友，还写了在我的音乐道路上给与了我决定性帮助的臧天朔先生。

距离上一次见到臧哥已经过去了好几年，那次是他带着母亲和一个浩浩荡荡的车队去锡盟草原旅行。其实在媒体猜测我们变成仇人老死不相往来、我的心碎成八瓣再也不相信爱情独自躲在角落舔伤口的时候，我们早已成了好朋友，各自过着悠闲惬意的生活，偶尔和一大群老友相聚，互相调侃揭短呢。

我喜欢现在这样的状态。跟老臧这样爱音乐、重义气、急脾气的“性情中”音乐人，做朋友绝对是最好的选择。我们的曾经，只是跟其他单身未婚的热血青年一样——遇见，并谈了一场轰轰烈烈的恋爱，然后由于种种原因分手。再普通不过，甚至想“传奇”都不行。当然，人们更喜欢“传奇”，你不“传奇”他就想法把你传成“传奇”。至于“传奇”离实事有多远就没人去追究了，当然也没人想去追究。你只有沉默。有时候沉默是最好的武器。

《山泉》专辑宣传照，摄于锡林郭勒草原，2012 年。

《山泉》MV 拍摄现场，摄于天漠，2012 年。

《山泉》MV 拍摄现场，摄于天漠，2012 年。

我的夢離你有多遠？
其實沒多遠！但能堅持的
人，才能追到夢！
在艱難的環境下不忘初心
永遠銘記夢想 格日樂
就像仙人掌一樣在沙漠
裡也能開花！

[illegible]

我认识格日乐是在上世纪九十年代初，
就是书中他们乐队刚来北京的那段时间，
我们曾共用一个排练室，
经常一起同台演出。
格日乐成名后认识她的人其实不知道，
她曾经是一个在舞台上妩媚动人的
女摇滚贝斯手……
转眼这么多年过去了，我们都站在了梦想里面。
我想，这一切都是命运的安排，
殊途同归，万梦归一！

谢天笑

一位真正热爱音乐生活的女战士！

她是中国音乐与世界音乐的结合体！

李杰

老友斯琴格日乐出书了，初闻稍稍有些诧异。摇滚女汉子怎么和出书那么文艺小清新的事扯在一起了？忙不迭找她要来书稿，一打眼看书名，心里就生出一句话"嗯，这就是格日乐"。顽强，坚忍，自身用处颇多，向外界索要的却很少很少。

一段一段的文字从眼前略过，我开始清晰看到，是什么，组成了当下的这样一个仗义，真诚，纯粹，爽朗的像风一样的女子。这已然不是一本书，它是一个鲜活的人，一个你们曾相识的人，或者是，曾经的自己。

金娜尔查

二〇一〇年初秋

关于《山泉》

在 2012 年底我推出了一张全新的个人专辑《山泉》，我用它来感谢我的家人、我的家乡、我的民族，以及喜爱我的歌迷朋友们。作品都是在 2011 年到 2012 年期间创作的，那期间我经历了新旧乐手的交替，自己也由一个签约艺人转变成组建工作室独立发展。这是一个好的开始。

在此我要感谢在这一张专辑里给我大力协助的朋友们。感谢为《山泉》《请到蒙古草原来》《新娘》等歌曲制作 MV 的总导演郑浩以及他的优秀团队，尤其是《请到蒙古草原来》，你们用一个长焦就拍出了那样富有创意的精美的画面，把我的家乡锡林郭勒草原的美丽如实展现在了镜头前。感谢专辑摄影师宋晓辉。当晓辉接受我的邀请来为我拍摄专辑封面照时，我对他的要求是这张封面照必须是“不用 PS 的”，他做到了。

感谢中央电视台优秀主持人赵普、刘栋栋，央视著名导演王荣起，英皇中国老总包胡尔查，著名演员宋佳伦；感谢著名音乐人、吉他演奏家龙隆，黑豹乐队鼓手、著名音乐人赵明义，好友旭日阳刚组合的刘刚，好友著名歌手韦嘉、李天华，著名歌手何静、衡越，著名演员林家川，著名演员乔振宇，著名导演卜可，中央电视台著名主持人绿泡泡等，感谢你们毫不犹豫地来到专辑发布会现场为我呐喊助威。

感谢在“场外”给我大力支持的我的蒙古族同胞们；央视著名主持人白岩松，著名表演艺术家斯琴高娃老师，蒙古族歌唱家德德玛，蒙古族歌唱家腾格尔、齐峰。特别感谢小哥、台湾著名音乐人、歌唱家齐秦，蒙古族著名音乐人、指挥家三宝。

感谢好友、著名音乐人、歌唱家韩红，感谢著名音乐人、歌唱家孙楠，感谢央视著名主持人毕福剑，著名音乐人、歌唱家海泉，著名相声表演艺术家师胜杰，著名主持人李艾，著名歌星李玲玉，著名表演艺术家范明，著名音乐人、歌星尹相杰，著名音乐人、歌星老狼，央视著名主持人冯殊，红果果绿泡泡，感谢台湾著名歌者、音乐人张帝。

感谢我的前唱片公司老总江陵以及她的团队成员尹青、纪亚利、燕子等。感谢赵伯翀以及他的“V-studio”导演团队，感谢一直没有离开的我的优秀的乐手们。

对于我，你们的支持弥足珍贵。

目录

童年

contents

懵懂年代

南下寻梦

风雨漂泊

新世纪

工作中。

《草原草原》MV 拍摄现场，2012 年。

Happy Birthday

《草原草原》MV 拍摄现场，2012 年。

Happy Birthday

童年

我的出生

如果让我
再次　选择
我依然会选择你
我的草原
我将会降生在这里
降生在这片
沧桑的疆土之上
带着前世
你赐予我的歌喉
变作一只
轻盈的百灵
用我所有的生
唱那不朽的
草原恋歌

——《我的出生》

我出生在锡林郭勒草原，听母亲说，我长到六个月的时候才见到父亲。那个时候，父亲被打成“内人党”关进了牛棚，我就是在关押父亲的黑暗小屋里初次见到父亲的。

见面的机会是母亲和像母亲一样丈夫被关押在牛棚里的妻子们共同抗争得来的。说是见面，其实只有我被破例由看守从黑暗小屋门上那裸露的窗子里递给了父亲，而母亲她们只能在远远的地方隔着窗看着父亲和其他女人的丈夫排成一队从操场上跑过。后来听父亲说，我在见到父亲的第一眼就开始冲着父亲笑，一只小手好奇地去抓父亲脸上长久没有机会刮掉的胡子。那一刻，被怎样的折磨都没有掉过一滴泪的父亲竟然泣不成声……

在我记事后还常常听大人们讲那段不堪回首的日子，尤其是在周末全家人聚齐了吃饭的时候。讲到伤心处，父亲会沉默许久，端起面前的小酒盅抿一口然后再接着讲，仿佛在控制自己的泪水不要落在孩子们面前。

那个时候的我最怕父亲流泪，我一直坚信父亲是天底下最坚强最勇敢的父亲，无论遇到什么事，只要有父亲在就什么都不怕了。因此，看到父亲流泪就像整个天都要塌下来了一样的感觉。我们小孩子在这个时候就会紧张地等着父亲再次开口，紧张得揪心，紧张得想哭又拼命忍着，紧张得连饭也忘了吃。每每这个时候，父亲总是会提起我耳朵上的两个小啾啾，然后气氛就缓和了，到这里小孩子们会松口气继续吃饭。父亲则会接着讲只有六七岁的大姐是怎样勇敢地趁看守不注意从小黑屋的门底下钻进去给父亲送一些吃的。父亲还说我婴儿时耳朵两边各长的那两个小啾啾，非常与众不同。那两个小啾啾在我大一

爸爸、妈妈和我

点的时候自己就掉了，我自己是没有一点记忆的。

后来的一天晚上，很久没回过家的父亲居然被允许回家收拾衣物，说是要把所有的“内人党”集体转移到别的地方。母亲知道，这一走父亲的性命就难保了，于是把两个姐姐安顿在亲戚家，和父亲一起抱着还是婴儿的我连夜赶去北京上访。母亲坚信，一贯正直的父亲从来就没有反党，没有背叛国家。

真不知道父母亲是怎样躲过看守，又是怎样抱着一个还在吃奶的婴儿到了北京的。反正后来父亲平了反，随后我们全家被下放到了离锡林浩特还有几百里路的小旗县镶黄旗。记忆中，镶黄旗也是一个被草原包围着的小旗县，我的小妹妹斯琴塔娜就出生在那里。在妹妹出生之前，我似乎是家里唯一一个拥有极大特权的孩子，可以用哭闹的

我和我的姐姐们

办法实现我的一些个诸如让父亲带着我去上班之类的小愿望。在妹妹出生后，这些办法也就不怎么灵了。所以，妹妹刚出生时我的内心并不像我表现的那样欢喜。

你可爱的笑脸啊
早已触动了
我最柔软的心脏
于是我们跑跳笑闹
像小马驹那样撒欢
在这个秋天的草原上
放下矜持我便成了一个
和你一样快乐的孩童

——《快乐孩童》

其实妹妹一直都是个极乖巧懂事的孩子。

当我明白自己将要有一个漂亮的小妹妹的时候，我高兴的原因是我终于要有一个会说会动的玩具娃娃妹妹了。可当妹妹出生之后我才知道妹妹不是玩具，她的小小的胳臂和胖胖的腿虽然也跟玩具娃娃差不了多少，但却是不能像玩具娃娃那样拆卸的。母亲对她的无微不至的呵护也让我明白，小妹妹是个极脆弱的小东西，就连我也得小心翼翼地呵护她。

妹妹的眼睛很明亮，总是牢牢盯着一样晃动着的东西看个没完，眼睛都不会眨一下。每次看到我在她的小摇床旁边，妹妹就会高兴地踹她的小胖腿，舞动她的小拳头，似乎这是她表达快乐的唯一方式。有时候，母亲也会把妹妹牢牢地捆在小摇床上让我摇着她睡觉，我却不想让母亲把小妹妹捆住。母亲说这是传统，小孩子的腿有时需要绑一下，那是为了能让小孩子有一副笔直好看的身材。可我总觉得妹妹被捆起来一定会很难受，从此也不再喜欢“传统”这个词。

记得有一次过年，父亲用一支竹筷子蘸了点草原白酒喂妹妹，妹妹居然露出很享受的样子，这让父亲很是惊讶。不过没多会儿，妹妹的小脸就变得红扑扑的，坐在那里直摇晃，害得母亲跟父亲怄了一整天的气，埋怨父亲给小婴儿喂白酒。不过我和姐姐们还有父亲在私底下倒是乐了很久，这也是我头一次见到平日里一贯严肃得有些过头、永远穿着整齐军装的父亲有这种不怎么严肃的举动。

妹妹再大一点的时候，母亲给她断了奶，于是，给她打牛奶的工作就落到了我的身上。每天放学，我都会从学校走到牛奶场去给妹妹拿第二天要喝的新鲜牛奶，然后走漫长的三公里路回家。到家的时候，天总是很快就黑下来了。那时我以为自己已经是个大人了。妹妹变得又白又胖，母亲说那里面有我很大的功劳。

还有一件事是在妹妹 11 个月大的时候发生的，那是一个夏日的午后。中午吃过饭以后，辛苦了一上午的爸爸妈妈要睡午觉，我就背着妹妹在院子里玩。先是捉了半天蝴蝶，后来又蹲在地上看蚂蚁。再后来不知怎么，妹妹忽然对父亲的那辆单车发生了兴趣，哭闹着非要坐上去。那个时候快九岁的我已经学会了骑单车，只是因为个子矮小上不了大梁，更别提带人了。可是，我怕妹妹的哭声吵醒了在房间里休息的爸爸妈妈，便决定铤而走险。我先是把车子悄悄推出院门，然后再把妹妹抱上去，开始推着车子在院外疯跑。看见妹妹高兴的样子，我受到了鼓舞，胆子便也大了起来，索性骑上车子飞驰起来。当时我那种骑法叫“套裆”，也就是一只手扶着把，另一只手捉住大梁，几乎是悬空踩踏脚蹬。这样的骑法是需要有很好的平衡能力的。平时不带妹妹我自己完全没问题，可妹妹坐在车子上重量增加了很多，还不到九岁的我就显得有些力不从心了。果然，在经过一处土坡的时候险情发生了。

由于单车上坡很费力，我一时没能把握好脱了手，车子立刻载着妹妹向坡下滑去。还没等我反应过来，妹妹已经和车子一起被重重地摔在了地上……等我跑过去把妹妹抱起来时，发现妹妹的脑袋上已经肿起了一个包包，小脸憋得通红，却发不出一点声音。我吓坏了，以为妹妹被我摔哑了，慌忙抱着妹妹往家跑。被我这么一晃，不一会儿妹妹开始嚎啕大哭，到家的时候已经哭得上气不接下气了。

好在妹妹并没有什么大碍，只是擦破了点皮，不用去医院，父亲

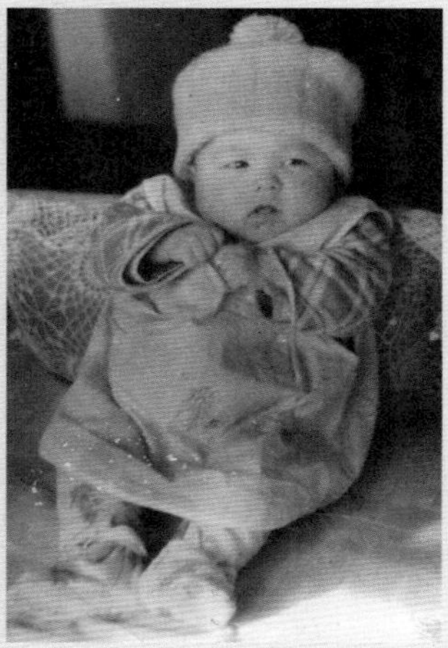

妹妹满月了!

为她擦了点紫药水没多久就好了。不过我被妈妈训一顿肯定是难免的了，当然，后来我也再没敢有过那样的壮举。至今，我还能想起当时以为妹妹哑了的那种恐惧感觉……

天亮了
夜晚终于隐去在
光亮如春般的日光里
远处　那隆隆的汽笛声
似乎在告知人们
今天　这一段
崭新时光的起始　于是
忧郁的人们开始尝试着
一整天的好心情
乐观的人们继续编织着
五彩斑斓的梦想
而我　却只想躲在
北方慵懒的暖房里
任太阳东升西落
任一天的大好时光
从指缝中溜走
只为在
书的海洋里尽情畅游

——《时光》

小时候挨过父亲一巴掌，在我三岁那年。那时母亲还在医院工作，经常加班，平时很少有机会回家为我们做饭。于是，父亲担起了为我们做饭的重任。

那一天是星期六，父亲打算为我们做一顿包子。父亲那时候的厨艺水平虽然还不怎么高，却总是想尽办法改善我们不太富裕的生活。我和两个姐姐坐在饭桌旁边玩边眼巴巴地盼着香喷喷的包子快点熟。终于，父亲用一个大托盘端来了第一笼蒸好了的包子，然后便又去蒸第二笼。我的小肚子早就饿得咕咕叫了，见来了好吃的也顾不上其他，伸手就抓了一个往嘴里塞，结果发现烫烫的包子有些夹生，粘在手上黏黏的。三岁的我被这种黏黏的感觉吸引了，立刻把包子当作了新发现的好玩的玩具在手里捏将起来。

当大姐把我的所作所为告诉父亲时，那一托盘包子基本被我捏了个遍，弄得满桌满身都是油和馅，根本没法吃了。身为军人，一生节俭的父亲被我浪费粮食的行为彻底激怒了，一把拎起我照着屁股上就是狠狠一巴掌！五个指头印马上就红红地印在了上面……

号啕大哭是在所难免的了，直到母亲回来我的恶号也没停止……

在之后的几天里我拒绝和父亲说话，但从此也不敢再把粮食当玩具了。倒是我家院里养的那一只狗狗，美美地饱餐了一顿……

两岁多的我和姐姐们

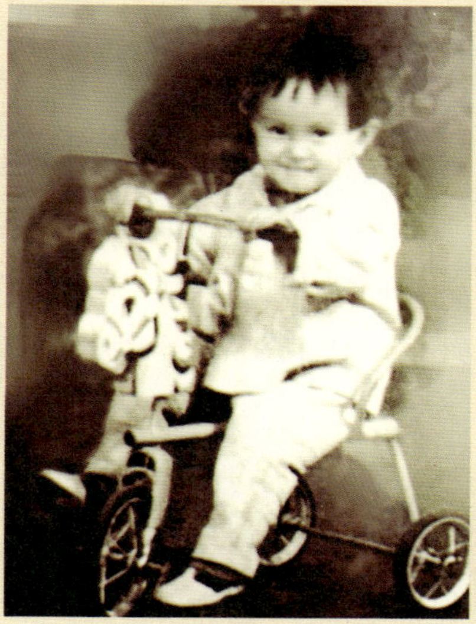

三岁的我

果实虽未成熟
花朵却开满了
整个　秋天
你的色彩最美
让我在这个季节
充满了金色的畅想

——《金色畅想》

记不得自己那时有多小了，反正小到可以被父亲装在一只大铁桶里，然后拴上一根粗绳子慢慢放到菜窖里去取那些储藏在菜窖里的土豆、胡萝卜、大白菜什么的。也许是两个姐姐都比我高很多的缘故吧，这一重任向来非我莫属，直到那只铁桶再也装不下我，父亲改用梯子为止。

我那会儿爱极了做这件事，被父亲吊在铁桶里比荡秋千还要好玩许多倍。也许父亲就是因为这个才不肯换梯子的？反正对我来说那是一件再好玩不过的事情，有时我会把它想象成探险。因此每到星期天我都会主动问父亲要不要下菜窖。

每次到了菜窖底，我就会冲洞口的父亲喊："阿爸！到啦！先装什么呀？"父亲每次都会提醒我："别踩着那些菜，先装土豆吧！"等装满一桶，父亲会把它们拉上来后倒在家里的水泥地上，这需要一点时间。而我就可以趁此机会找那些发了芽的土豆玩。发了芽的土豆有毒是不能吃的，因此它们大部分都成了我的玩具，我会用我的小刀把它们雕刻成我想要的小动物模样。等父亲提着空桶回来，我往桶里再放些胡萝卜什么的，直到我们有了这一周足够的蔬菜水果，父亲才会把我拽上来。有时候姐姐们会趁父亲去安顿那一桶蔬菜的工夫，悄悄把菜窖顶上的盖子关上吓唬我，而她们每次都能把我吓得哇哇大叫。小时候最怕黑暗，尤其怕被关在菜窖里，更怕父亲真的忘了我还在那里，而父亲是从来不会忘记的。

那个时候的锡林郭勒草原，一到冬天下大雪道路就会封闭，有时竟长达几个星期。而锡林郭勒草原的蔬菜水果基本上是由河北供应的，所以在冬季到来之前家家户户都会储存一些蔬菜水果准备过冬食用。

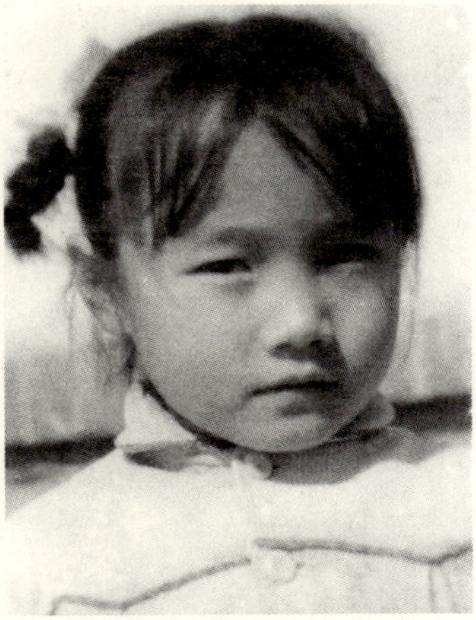

摄于锡林郭勒。

冬天的草原本身就是个天然的大冰箱，倒是很需要有一个不会结冰的地方来安置那些冻了就会不好吃的蔬菜水果，因此家家户户就有了菜窖这样一个特殊的储藏室。我呢，也就有了那样特殊的让现在的小孩子们想也想不到的下菜窖的经历。

最美的瞬间

总是以最快的速度

逝去

余下的感动

只有在心底最深处

天长日久的记忆

——《最美的瞬间》

小黄毛再也不能揪我的小辫子了。

生虱子这样尴尬的事在现代人的生活里是不多见了，可这样的事在我身上却发生过一回。

那是妹妹出生那年。由于小妹妹的出生，母亲几乎把全部的精力都放在了照顾妹妹身上，对我的管理也就放松了。父亲为了家计，整天忙于工作，根本无暇顾及我这个整天沉浸在自己世界里的安静的三女儿。两个姐姐也因为上的是汉语学校，除了放假平时也基本见不着，更没空搭理我。因此，在那段时间我迅速由一个不爱说话的乖乖女变成了一个到处乱跑的疯丫头，整天在外面疯玩，经常忘了回家吃饭，更别说其他的了。

那时，我们姐妹三个只有我的头发是长长的。母亲总是在院子里烧好热水给我们姐妹几个轮流洗头，等我头发干了，她就把我的头发一左一右编成两个小辫子垂在脑后。

有一天在上数学课（最不喜欢数学课的我经常把数学课当成幻想课，趴在桌上胡思乱想，因此我的数学基本在不及格状态）的时候，我正想把我的两根小辫像系蝴蝶结一样系在胸前，突然发现有一个小小的动物从我的头发上坠落，掉到课桌上并越过同桌小黄毛画的中间线，迅速爬上了小黄毛的课本！小黄毛在第一时间报告了老师，全班同学马上知道斯琴格日乐的头发上生了虱子。

那天，从不喜欢我的数学老师破天荒摸了摸我像小黄毛一样黄像小黄毛一样乱的头发，温和地对我说："老师今天放你假，回家找妈妈洗头好吗？"于是，我的头发在第二天变成了短短的盖盖头。

那是妈妈的杰作，是在前一天用一种叫"百步"的中药洗过无数次后做出的无奈之举。在剪短我头发时，妈妈的眼圈是红红的，可我却很高兴，因为小黄毛再也不能趁我不注意从背后拽我的小辫子了！

现在，我当然理解了母亲当时剪短我头发时的心情，那种对女儿怀有的掺杂着爱和没能照顾好女儿的愧疚心情，也感谢数学老师那一颗善良的心，没让我幼小的心灵蒙上一层自卑的影子！

小时候，我家的宝马

若将我的感动
缀在云霄
那会降下
五色之雨吗
在风过后的港湾
在浪淘尽的岸边
是谁为我
点亮了
迷途之灯

——《五色雨》

小时候，我家的宝马是一辆永久牌的28加重自行车。它在我家享有很高的地位。平日里它是父亲的坐骑，除了陪伴父亲上班下班，我家的米面菜肉等重物都是由它驮回来的。而我们这些小孩子是很少有机会碰它的。每到节假日父亲不忙的时候，我们就会围在院子里小心翼翼擦洗车子的父亲身边等着，等父亲将那车子擦洗得光亮如新的时候，我们就可以要求父亲带着我们去兜风了。

父亲总是会笑着答应我们的请求，这会引起我们这些小孩子们一阵阵惊喜的欢叫。父亲的骑车技术非常好，最多的时候车上可以带四个小孩，前面两个后面两个。为了安全起见，父亲总是把车骑得很慢很慢，每每慢到大家以为马上就要摔倒了……这个时候，父亲就用两腿稳稳当当地扎在地上，稳到足以让我们对父亲的举动感到无比的骄傲，这样又会引起我们小孩子的一片嘻笑尖叫。回家的路上，父亲就会为我们每个小孩子买一块巧克力或是牛奶糖，五分钱一块的巧克力和一毛钱四块的牛奶糖是那时我们草原上的孩子们最奢侈也是最甜美的愿望了。

后来大姐上初中，因为学校离家太远，那辆车子就归了她，我学车的梦想也有了机会实现。在大姐不用车子的时候，我就和邻居小朋友们一起将各自家的车子推到房后的草滩上练习骑车了！那个时候我九岁。

现在我自己有了汽车。每当我坐在自己的越野车上，驰骋在北京那宽阔而又经常堵塞的马路上时，心中的美好感觉却比不得许多年前我坐在父亲那辆永久牌自行车后的感觉……

深秋　凉风习习
都市里
似乎还可以找得到
夏季残留的
花红叶绿
而我的草原啊
已是晨霜遍地
一片绯黄
可分明
我看到了
盛开着的
万紫千红
那是点缀在草原上
牧人们节日的盛装
还有牧人心中
永不凋谢的
傲然情怀

——《深秋·草原》

和大姐、妹妹在一起。

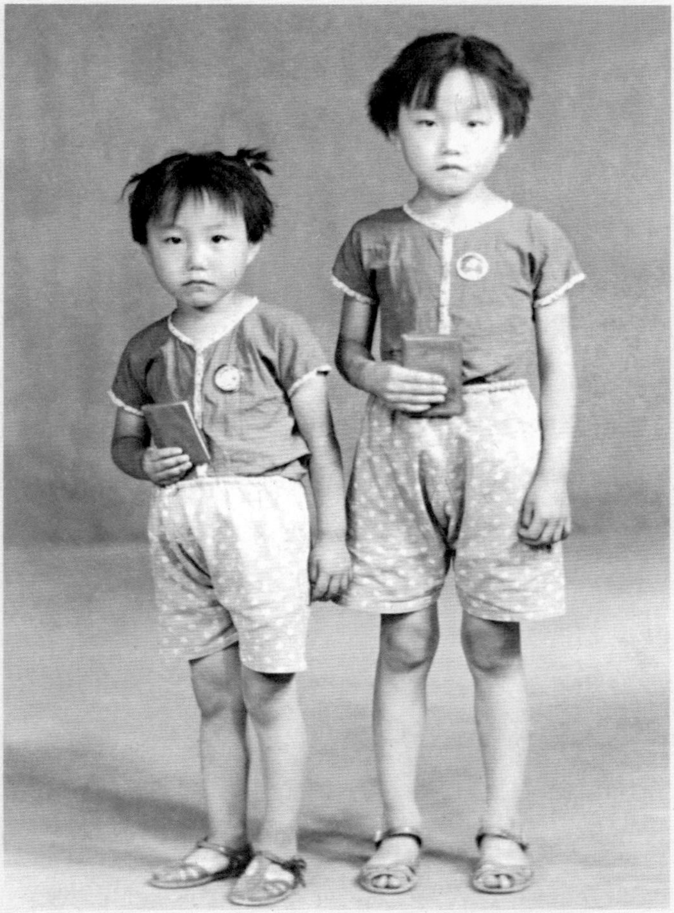

大姐和二姐

很小的时候，我们家曾经在锡林郭勒盟下属的镶黄旗住过几年。那里是个人口稀少，交通落后，经济极其不发达的小地方。在最繁华的地段（说是繁华只不过那里的房子多过其他地方而已）有一座红旗塔，还有一个叫十字路口的地方被称作旗中心，在那旁边有一排平房叫供销社，供销社就是旗里唯一一家正规的商店。

之所以记住那家店铺，是因为在那里有我向往的巧克力。五分钱一块的巧克力没有自己单独的包装，而是从一块大的带有锡纸的巧克力上掰下来的。店员很耐心地为我们每一位小顾客做这件事，小心翼翼地打开锡纸包装，掰下一块巧克力之后再仔细地包好放回原处。她知道，不是每一个来到这里的小孩子都能从兜里拿出五分钱的小钢镚镚来买巧克力的。那些没有镚镚买巧克力的小孩子就只能羡慕地看着那些有巧克力吃的孩子，并且使劲往肚里咽口水了。那位售货员阿姨只能用歉意的目光看着这些孩子们，因为她几乎知道每一个孩子的家庭状况，认识每一个小孩子的父母亲。在这样一个很小的地方，这是再平常不过的事。因此她看着那些眼巴巴瞪着巧克力，却又不能吃到巧克力的孩子们时总是充满歉意，似乎这一切都是她的错。

有一次，我们的爸妈不在家，只剩下年幼的大姐二姐在家看门。那时候的我还很小，父母亲上班的时候会先把我送到保姆家，下班才会接我回家，因此这一件在那个年代看起来很严重的一件事跟我没有扯上关系。

事情是这样的，在家里玩要着的大姐二姐忽然看到母亲每天都锁着的小箱子竟然没有上锁，胆大的二姐立即翻开箱子查看。在我们眼中，母亲的小箱子里有很多很多好东西，平常是没有机会打开看的。

这一下却突然打开了，姐姐们马上就看见了几十元钱，那是母亲放在箱子里压在真丝围巾下面的我们一家人一个月的生活费。

二姐抽出一张十元钱的票子，拉起大姐的手说："咱们去买糖吧！"而相对胆小的大姐害怕爸妈回来发现挨揍，不想去。二姐说："我们把箱子锁好爸妈就发现不了了。"于是两个小孩锁好箱子就直奔供销社而去。

供销社的阿姨见进来两个小孩犹犹豫豫地站在那里想说什么又不敢说的样子，就过来问："小托雅（二姐的小名），你们想买点什么呀？"二姐大着胆子说："我们要买十块糖，姐姐五块我五块！"说着，她拿出了那十元钱交给了售货员阿姨。那时候的二姐对钱还没有太多的概念，以为十块钱就能买十块糖。售货员阿姨看到一个小孩居然拿出了那么大的票子，当下就知道那不可能是家里大人给的了。那个年代最大的人民币面值也就是十元钱，而每家每户一个月的生活费也就几十元钱，十元钱可以维持一家人很多天的生活，因此是不可能拿给那么小的孩子买糖的。于是售货员阿姨把手里的事情交待给了别人，自己带着两个小孩拿着十元钱去找正在单位上班的母亲。

后来，两个姐姐受到了最严厉的惩罚，一顿臭揍，足以断了她们再做类似事情的念头。当然，售货员阿姨也得到了母亲最隆重的感谢，可两个姐姐却因此恨了她很久。

陕西歌友会现场，2011 年。

当所有的
旋律
都变得忧伤
我是否该
启程
启程　前往
牧人心中
永不褪色的
那片
绿色净土

——《绿色净土》

供销社的门口有几根固定死了的拴马杆，那是专门为来这里买酒的牧民们准备的。天气好的时候，那些牧民会坐在背风又有阳光暖洋洋照耀着的地方，就那么喝着揣在怀里的草原白。他们很少三五成群地聊天，相互见了面也就是那么两句“赛百努”“他赛”（蒙古族的问候语）就完事，然后继续闷头喝酒。就那么干喝着，也没有什么下酒菜。喝完了，就会摇摇晃晃有时甚至磕磕绊绊地走到拴马杆前，解开缰绳，歪歪扭扭地想尽办法跨上自己的马去。他们的脸上已经有了长期酗酒的痕迹，酒糟鼻或者是泛了青的脸色，黝黑黝黑的脸上布满了皱纹。你绝对猜不出他们的实际年龄来。他们可能三十几岁，也可能只有不到二十岁。

但当他们一旦跨上马去的时候，却又突然变得英姿飒爽，刚才那种醉酒的状态竟能在一瞬间一扫而光，似乎在这一刻，草原上就又多了一名英雄好汉。

而我们这些小孩儿总是在一旁好奇地看着这一切，想找出自己跟这些同族的叔叔们为什么有那么多不同的原因。

我不太敢接近那些牧民，更别提跟他们说几句话了，因为他们总是把我们这些穿着汉装的城市孩子们称作“海特得”（蒙语“汉人”的意思）。

我们这些孩子大多是驻军家属或在政府机关工作的人家的孩子，虽说跟牧民们说着同样的语言，也属同一个民族，但生活有本质的区别。牧民不管我们这些穿着汉化的小孩跟他们本属一个民族，而只管把我们叫作“海特得”。当然，这是在我们比较乖的时候。有时他们会称我们为“茅赛海特得”（蒙语“坏汉人”的意思），那是在我们偶尔嘲笑他们的醉态惹怒他们的时候。这个时候，我也会发发小威冲他们大喊：“碧巴斯蒙古勒浑（蒙语，意思为“我也是个蒙古人”）。”然后迅速跑开。我的样子总能引来那些蒙古汉子们的夹杂着“嗯秦乌尼尔蒙古勒浑休”（蒙语，意思为“真是蒙古人”）等话语和笑声。

其实，我们从小就被灌输了这样一种思想，不论在怎样的境况下都要热爱自己的民族、家乡和族人，都要因为自己是一个蒙古族人而感到骄傲。所以在任何时候，当有人问起我的家乡在哪里，我会毫不迟疑地告诉他，我的家乡在锡林浩特，一个草原上的小城市。

我跟纯粹牧民的孩子们接触是在我上小学的时候。虽说我们的生长环境并不相似，但我们的性情却出奇的一致。我想在这方面表现得最突出的就是直爽，对人不设防。

蒙古族人最显著的特点就是直爽，说话不拐弯。我从小在那样的一个环境里长大，性格和说话、思考方式几乎都是蒙古族式的，不仅说话不拐弯，很多时候思维也不会拐弯。所以，当我最初从内蒙古草原来到人口密集的大城市时，人们对于我的直率并不怎么习惯。这就像我当初也不怎么习惯草原上纯粹的牧民小孩一样，我想他们比我们这些城市里的孩子们更贴近大自然也更加淳朴。

比如，汉族的一句客套话“有空上我家来玩儿”，在蒙古族人眼里很可能就变成了一个正式邀请。所以，在你没有准备的时候，一个蒙古族人贸然闯到你家里做客你一定不要感到很惊讶，那很可能是因为你的一句不怎么真诚的客套话。但蒙古族人却不怎么管这些，他们依然会认为你很真诚。蒙古族人天生不会客套也会让一些初到草原的朋友们觉得很不习惯。比如你到了一个牧民家里，女主人会为你准备奶茶奶食品，食物就那么放在你面前的小桌上，女主人自己尽管出门去做家务活儿，并不会去说那些客套话诸如请你吃啊喝呀什么的。回来见你吃了喝了她会很开心，若是你存了小心眼不吃不喝她反而会不高兴了。因此，跟蒙古族人接触千万别以为你受到了冷落，其实正相反，那是很信任你，把你当自己人看，只是不太会客套而已。

在我上小学的时候，我这个城市里长大的小孩比起其他牧民小孩就显得过于婉转含蓄并且弱小孤单了。有时我也会希望我的父亲像那些蒙古族叔叔一样英俊潇洒地驰骋在草原上，还有的时候我会用蒙语对那些牧民小孩说："我的父亲是个骑兵呢！"我的父亲在年轻的时候曾当过骑兵连的排长。这个，让我觉得自己更贴近那些牧民孩子。

其实就是现在，在我的家乡锡林郭勒草原还有一支骑兵连，不过他们的职责早已与原来的骑兵有了本质的区别。不过父亲老早以前曾对我说过，蒙古骑兵在解放战争时也还是一支起到重要作用的部队。

马儿望去的地方
怎么就荒凉了呢
牛群歇息的地方
怎么就没有草香了呢

要是远方的天空
不再飘来朵朵的白云
美丽的锡林郭勒
你将怎样度过这漫长的夏季

锡林河的水啊
怎么就枯竭了呢
牧人的歌声啊
怎么就那么哀伤

要是眼泪可以注满河床
要是汗水可以浇灌草原
要是歌声可以留住草原
锡林郭勒的儿女们啊
你们为什么不歌唱

——《记忆中那条河》

2007年，从锡盟来的朋友无意中说起原来流淌在多伦县境内的那条河，说它现在已经快干涸了。我心里颇为不自在。之所以记得那条不算太宽的河，是因为我的童年有两年多的时光是在那条河的河岸上度过的。

忘了那时候自己有多大，不过那时我足可以帮妈妈去小卖部买榛子打酱油了。经常，我用妈妈干净的绣着梅花的小手绢包回来一大捧榛子，然后就等着妈妈用黑色的大铁锁（那时每家每户都有一把巨大的锁用来锁门）将那些榛子砸开，然后就可以和妈妈一起吃里面的果仁了。

也不是每天都有这样的闲暇时光，等爸爸妈妈都上班去了的时候，我就和邻居的小朋友们一起跑到河边去抓泥鳅玩儿，然后把它们放在罐头瓶里带回家，等着下班回来爸爸妈妈夸我。不管我做什么，只要我没跟其他小朋友一起打碎人家玻璃窗或者放跑人家羊圈里的羊，爸爸妈妈就总会夸我听话、懂事。

记得有一年夏天连着下了好几天雨，这个小小的汉族居多的多伦小县城变成了一个大泥潭。这种时候爸妈是不让我们出去疯跑的，一来外面到处是泥水，不消多时顽皮的我就会变成个小泥人；二来大雨会让河水上涨，发洪水是常有的事，而我们这些不知死活的小疯孩是很有可能着迷于河水的激流,从而跳入水中玩耍并且自以为很勇敢呢。曾经发生过小孩被洪水冲走的事，所以在这样的时候，大人们是无论如何也不肯让我们接近那条河的。可是，在家里憋了好几天的我一等到天晴就迫不及待地去找小朋友们玩儿，谁知小朋友们比我还迫不及待地早就跑到河边看洪水去了。于是我和剩下的两个小孩儿也迅速奔向河边去，和几天没见面的其他小朋友们汇合。

到了河边才发现，原来不算太宽的河水现在却比原来宽了好几倍，因为山洪的原因，河水的颜色变得浑浊不堪、汹涌澎湃。正有一些扛着自行车的大人想从河对岸趟河过到这边来，那样子看起来很是吃力。在河边我并没有见到平日里跟我一起玩耍的小朋友们，于是开始担心在河对岸上班的父亲不能回家，就那么站在河边眼巴巴地等了起来。只要远远望见有穿着军装的大人扛着单车过河，我就以为那是自己的父亲，然后欣喜地喊着“阿爸”狂奔过去。等发现不是爸爸，我就在失望之后继续等。可是等了很久都没有见到父亲穿着军装的身影，却发现由于自己太专注，身边的两个小朋友们走了都不知道。看着越来越混浊的河水和马上就要暗下来的天，心里掺杂着委屈和失望的我坐在湿乎乎的地上哭了起来。

后来才知道，父亲和同事们那天去抢救在野外漏雨了的弹药库，根本没去单位上班。还是母亲的同事在回家途中看到我一个人在河边号啕大哭才把我带回家的，这被姐姐们好一顿嘲笑，称我为鼻涕虫。不过父亲回来时听妈妈说了我的事却很高兴，我想那是因为父亲很知道他的小女儿对父亲的爱，还有工作完成得好，还有我们全家人都好端端地等在家里的原因吧。

这就是我关于那条河的记忆了。可那么一条奔腾在我记忆中的童年岁月、奔腾在幼小年岁却已装满浓浓亲情的河流怎么就要干涸了呢？这让我无法释怀，直到现在我还是固执地坚信，那条河永远不会干涸。

在草莓节后台。

夜晚　我被雨滴
敲打玻璃窗的声音吵醒
清晨那些草儿
争相翠绿
清风追逐细雨
越过我的窗
直闯进我的房间
于是那阳光的味道
弥漫了整个心房

——《阳光的味道》

和二姐的合影，那时我是内蒙古艺校的学生。

十岁的我和二姐

记不得那时我几岁了，大概只有六岁，总之那年我有了一次登台的机会。我和同班另外一个小姑娘被选中参加学校的文艺汇演，表演的节目是童声合唱《边疆的泉水清又纯》。为了让我的第一次登台演出能够顺利，我的二姐像个小导演一样仔细为我们编排在舞台上的每一个动作。我们这两个害羞又爱忘词的小妹妹，不知被姐姐操练了多少次才做到在不忘词的状况下把动作做准确。反正到了演出那一天，姐姐看起来已经是胸有成足的样子了。

那是一个很小的影剧院，我们到的时候，台下很多学校的老师和学生都早早地坐在下面等着节目开始了。后台已经变得乱哄哄，各个学校要演出的小同学几乎快把不大的空间站满了。

二姐也不知道从哪里弄来了胭脂，给我们两个人的脸上抹了个红彤彤。之后，我们就待在那里，一边眼巴巴望着高年级同学们自信地走来走去，一边忐忑地等待上场了。

我还记得我穿了一件白衬衣蓝裤子，扎了两个小辫子，小辫子的末梢是两个硕大的红绸蝴蝶结。这样的打扮，几乎就是那个年代像我那么大的孩子所能知道的最美穿戴了。

“童声重唱《边疆的泉水清又纯》准备！”当催场的老师喊出这句话的时候，我感觉我浑身的血液都开始狂奔，它们狂奔到我的脸上让我有一种要晕过去的状态，接下来我开始不停地发抖，先是牙齿打颤随后蔓延到全身……

我的初次登台以失败而告终。我们两个小姑娘，在面对台下众多老师和同学的面孔时，居然同时大脑空白，一句词一个动作也想不起来，所能做的只是不停地傻站和吐舌头，引来全场一片哄笑……

那真是一场噩梦，现在我都可以清楚地记得二姐眼含羞愧的泪水带着我们两个小失败者回家的情景，至于我们是怎么走下舞台走出剧场的事，我一概不记得了。选择性失忆。

我的父亲

请你　静听
那草原深处
传来的　极远
且缥缈的　声音
那是牧人　在
吟唱着　忧伤的歌吗
抑或是　自远古
一路传来的
祖先的叹息

——《祖先的叹息》

我的父亲是个军人。一身凛然正气的父亲这一辈子从不抽烟喝酒，也从未做过一件令家人感到面上无光的事。父亲爱看历史方面的书籍，尤其喜欢研究蒙古史和近代史，因此我常常在书店买些父亲喜欢的不同版本的书带给他老人家。

父亲是个养花高手，但凡经过父亲养殖的花草都会长得茂盛好看，冬天会开花并且还不凋谢。这一点我显然没得到遗传，无论我多么精心照顾我的花草们，它们还是会很快就变得面目全非。不过我的大姐倒是完全遗传了父亲的这一点，她家的花草如不加修剪甚至可以长到房顶。记得小时候在锡林郭勒草原的家里，我们家的阳台上不论是盛夏还是严冬都有盛开着的花朵，尤其是开在冬天里的花朵使邻居们无不称奇。要知道在锡林郭勒草原，最冷的冬天气温都在零下二十几度，别说花朵就连绿色也很难看得到的。

父亲还喜欢动手做菜，常常发明一些营养丰富的菜肴来，看着我们吃得高兴，父亲就觉得特别开心了。所以父亲常常叮嘱我们回来之前一定要先打电话，他老人家好给我们准备好吃的。

有一次，我不想让父亲太劳累，所以事先就没有通知他老人家我要回来。结果见了我，父亲还是非要给我做好吃的，拦也拦不住。我说："爸，您别忙乎了，我都吃过了啊！"父亲却笑着说："我做一种菜，保准你还能吃进去。"随后见父亲拿着一个圆圆的茄子洗干净了，就那么往煤气灶上滚开的水里一放，然后坐下来和我们说话，也不去管。见父亲这样，母亲不知道父亲要做什么样的菜，就笑着说："谁稀罕吃你的白水煮茄子啊？！"父亲笑眯眯地说："别急嘛，等会儿你们就知道了！好吃得割你耳朵都不知道！"父亲和母亲形容什

在凤凰卫视《我的父亲母亲》节目现场。

么东西好吃总会说这句话，我们从小听到大，很是形象呢。

不一会儿，菜好了。父亲像变戏法似的拿出了不知用什么东西制作的调料，再用一个空盘子装好煮熟了的茄子就那么往我面前一放："尝尝吧！"我在母亲不信任的眼神注视下，撕下一小块茄子蘸着调料慢慢吃了一口……还真是好吃啊！于是整个茄子在不到五分钟的时间里就被我消灭掉了。看着我心满意足拍着肚子的样子，父亲乐了，母亲对父亲说："真是你的好女儿，你做什么她都吃得香！"

父亲喜欢历史，总是花很多时间去研究历史，还有很多与众不同的见解。2007 年，中央八套播出了电视连续剧《东归英雄传》，父亲就指出在连续剧里面有很多地方跟真实的历史有差距。

我的母亲

晶莹的汗珠　自头上滑落
母亲的欣喜
在婴儿的第一声啼哭之后
多年前的那个清晨
当我随百灵鸟的歌声一道
降生在　草原上的时候
母亲的微笑　是这个世界
给我的第一份珍贵礼物
从此　我便用我的执着和辛勤
回报母亲由衷的欣慰
和家人的　美好期待
祝福母亲　祝福家人
也祝福　你们　我亲爱的朋友们

——《我的母亲》

母亲和我

母亲是美丽的。

从我记事到现在，母亲的头发永远都是一丝不乱的。

无论在家里还是在户外，母亲的穿着总是很得体，即使到了现在也还是如此。母亲很会搭配服饰，从色彩到耳环，总是能搭配出让你意想不到让你忍不住夸赞的风格味道。

母亲很少唠叨，长这么大从没有听母亲抱怨过什么，即使在家里日子过得最艰难的时候。母亲的内心极单纯干净，这在经历了一辈子风霜雪雨的 70 岁老人身上真是极少见。从没见过像母亲那样对金钱不屑一顾的人。她过得节俭却又体面，把攒下来的钱差不多都给了孩子们。

母亲的腰板一向挺得很直，身上有着那种老式雪花膏的淡淡香味。不知道母亲用的那种牌子的雪花膏现如今还能从哪里买到，反正母亲不太能接受我买回的那些进口化妆品，不过，香水却除外。

从前，我给母亲从国外带回的香水不久就会悄悄跑到姐姐的抽屉里，我知道那是母亲不习惯用送给了姐姐。

可有一次却除外。

那是我在法国买的一瓶极淡的香奈儿香水，母亲不但喜欢上它可爱的外形包装，也喜欢上它淡淡的香味。

从此，母亲的身上就有了极时尚的香奈尔香水的味道。

母亲对美丽有着自己的观念，并毫不为现今的时尚所左右。母亲不喜欢太深太旧的颜色，也总是要求我们穿得尽可能鲜艳。

母亲还喜欢徒步走很长的路，这点很少有人能比得过母亲。

母亲那个年代的人基本都会骑单车，可母亲不会。

听父亲说，母亲年轻的时候也是会骑的，只是不会自己上下车，因此闹出了许多笑话。母亲那时每次上班都会牵动好多人的心。就像约好了一样，母亲从家出发是由父亲扶上单车，到了单位又会有人早早等在那里接母亲下车。

这样持续了一段时间，母亲终于不能忍受每天给别人添那么多麻烦，索性就放弃了。

也少有人像母亲那样幸福。

母亲有着孝顺的女儿、听话懂事的外甥和多年相濡以沫把母亲当宝贝宠着的父亲。

最重要的是母亲有一份极其自我的良好心态，并且极少受到外部因素的干扰，因此我的母亲是最幸福的。

我的大伯

那似乎不是我的节日
在我的节日里
我会饮下甘醇的烈酒
然后坦然醉去
一如草原上醉着的牧人
不必牵挂　东升西落
那酒是牧人　捂在胸前的温暖
是牧人每一天的节日源泉
没有彩旗飘扬
没有锣鼓喧天
没有人潮涌动
有的只是无尽的草原那寂寞的风声
那是牧人的节日　也是我的

——《节日》

2007 年，我的大伯和表弟来到了北京。他们先去呼和浩特市的表姐家探亲，在表姐家住了一阵子之后，在回老家满金诺尔的途中顺道过来看望父亲和我们的。

听二姐说，大伯从火车站出来的时候，身上居然满不在乎地扛了一个硕大的麻袋包，可把姐姐给惊着了。要知道，大伯可是个八十几岁的老人呀！

八十多岁的大伯，除了听力有些不好以外，绝对是个身体健康的活泼小老头。他喜欢喝酒，但很有节制，每顿饭只喝二两白酒。喝完酒后的大伯，脸色红润，心情开朗，就会变得很健谈。

吃完饭，我们一家人就会坐在电视机旁边看电视边聊天。我问大伯："老家好不好？"大伯说："你小时候啊……好！"表弟就在一旁笑着说："看，老打岔！不信你再问。"我就又问："大伯最喜欢喝什么酒啊？"大伯说："不走不走！我还要去登长城呢！"

看到我们大家都笑起来，大伯也跟着哈哈笑，边笑边说："嗯！你们是笑话我八十岁的老头了还要登长城吧！"我们就笑得更厉害了。

表弟说，上次父亲回老家时，大伯、二婶和父亲三位老人在一起聊过去，因为大伯和二婶的听力都不太好，所以三个人基本上是各聊各的，听得表弟一头雾水。

据二姐说，大伯和表弟来的第一天就要去天安门广场，还要去毛主席纪念堂瞻仰毛主席遗容。在天安门广场上，拄着小拐棍的大伯拒绝二姐的搀扶，可能是太兴奋的缘故好几次惹来警察关心地询问："大爷！您是一个人？"大伯就回答："来看毛主席！"说得热心警察莫名其妙的。

后来在确认不会有危险后，我还是带着大伯和父亲两位老人登上了长城，还坐了缆车。缆车让大伯开心得像个小孩子。大伯说这是他很久以来的一个愿望，现在终于实现了。

堂哥

涩涩的

总是最年轻的心

一次回眸

一个羞涩的颔首

就足以让那些萌动的心

许下一世的诺言

——《一世的诺言》

记得那一年，国庆节过去就是中秋了，本想在博客里写一些祝福的话，可心里却有一种莫名的激动在澎湃着。我知道，那是因为父亲从老家拍回来的那些照片，触动了我心中那根思念故土之弦……

就在国庆节前的一段时间，年过七旬的父亲突然萌生了要回老家去看一看的想法，于是，远在内蒙古包头市的堂哥就自告奋勇要陪父亲去。我非常感谢军人出身的堂哥那么快就促成了父亲的这次旅行，要知道，我们姐妹几个工作太忙，等到能抽出时间，天也会变冷了。父亲的气管不好，喉咙一到冬天经常会变得很不舒服，因此天变冷了之后再出行，旅途就会艰难许多了。

堂哥是我父亲二哥也就是我二大伯的长子，从小过继到我们家，直到后来参军考进石家庄陆军学院。堂哥是个憨厚善良而又性情耿直的人，来自老家哲里木盟一个半农半牧的小村庄满金诺尔，那也是我父亲的老家。堂哥刚来的时候，说的是一口带有浓重东北腔的蒙古语。他基本不怎么会说汉语，并且一说就走调，因此小时候他的口音经常会遭到我的嘲笑。而我们姐妹几个还常常搞些恶作剧对付他，堂哥却总是让着我们，从不跟我们计较。

记得唐山大地震那年，我们锡林郭勒草原也接连不断发生了地震，为了安全起见，父亲把母亲和我们几个姐妹安顿在草原上临时搭建的帐篷里，却和堂哥还有邻家的叔叔们担当起了守卫我们和看家的职责。就在那时年纪幼小还不知道什么叫苦难的我头一次在恐慌中尝到了艰难的滋味，也头一次明白，在危难的时候，亲人之间的关怀和凝聚力是多么重要。

全家合影，爸爸妈妈坐在前面，堂哥站在后排。

堂哥平常的话不是很多，可跟父亲在一起的时候就会变成另一种样子。他们有时会聊一些老家的事，聊大伯、二伯小时候的趣事。他和父亲那浓重东北口音的蒙古语永远都让我觉得好奇，总趁他们聊天时跟在后面学。东北腔的蒙古语有很多名词都是照搬汉语的，听起来很幽默，所以即使你不懂蒙古语也能猜出个八九不离十。而我的蒙古语却是纯正的锡盟口音。

小时候，我还不大明白堂哥怎么就会来我家做了我们姐妹的大哥哥。后来才知道，二大伯之所以让堂哥来到父亲身边，是希望堂哥将来能成为像父亲那样的军人，不愿意让堂哥待在半农半牧的满金诺尔像自己那样成为农牧民。

堂哥刚来锡林浩特时没见过路灯，还穿着那个时候城里人已经不穿了的蓝色土布衣裳。衣服上面缝着四个巨大的明口袋，皱巴巴的，看起来极好笑。黑色土布裤子有点过于肥大，裤腿却显得有些短，裤脚下面露出的白色尼龙丝袜子一下将堂哥的身高拉了下来，看起来既寒碜又土气。脚上是一双出自二大娘之手的新纳底黑厚布鞋，一看就是为这次行程特意准备的，不过来锡林郭勒草原没多久就露了脚趾头。父亲说纳底鞋在草原上可不怎么顶事，于是拿出了一双崭新的军绿色野战鞋给堂哥。堂哥高兴之余当时就穿在脚上，左看右看却不知道怎样把鞋带穿上去。

堂哥很勤快，每天早晨五点钟就会起来扫院子，挑水，煮奶茶，然后把我们姐妹一个个叫起来吃早点，催我们去上学。有时候堂哥也会坐在那里黯然神伤，我就猜他一定是想家了。不过父亲却从不允许他有这样的时候，父亲总是很严厉地对堂哥说，大男人家不要把心里的儿女情长表露在脸上，这个样子像什么话。每到这个时候堂哥就会显得既委屈又羞涩，完全露出了一个大孩子的本性。后来，我有机会去包头演出，见到已经变成了中年胖男人的堂哥，却还可以找到他小时候那种羞涩的眼神。

记忆中，来到我家没几年堂哥就参军去了。我们全家送身穿还没有佩戴领章、帽徽的崭新军服，胸前佩着大红花的堂哥去汽车站时，只看到他脸上的欣喜却没看见多少依依不舍。这让我在一段时间里觉得很是不快。是不是因为我的恶作剧让堂哥生气呢？这还要从我家那时候住的平房开始说起。

那时候，我家住在带着小院墙的平房里。西面的房间和东房之间有一条小小的走廊，而东门和西门都是朝里开的，闲在家里无事可做的我忽然看见堂哥正在东面的大屋里安静地看书，我的小脑袋瓜里忽然就有了一个自以为很得意的坏主意。我悄悄跑到院子里的工具房，拿了一根麻绳，然后再迅速跑回家里，把东门和西门牢牢地拴住。确认堂哥无法打开后，跑到窗前对堂哥大喊一声："你出不来啦！"不等堂哥反应过来，我一溜烟跑到隔壁小朋友家里去玩了，没过多会儿就忘了堂哥被锁在东房里的事。直到母亲下班回来，黑着脸来邻居家找到了正在和邻居小朋友高高兴兴一起吃晚饭的我，我才知道自己闯了祸。回到家里，我看见堂哥的眼圈红红的，还以为堂哥一定哭哭啼啼地跟妈妈告我的状了，结果母亲并没有怎么惩罚我。我还觉得奇怪来着，后来堂哥才告诉我他那是给尿憋的……

不管怎么着，堂哥终于遂了二伯的心愿做了一名革命军人。

在演出后台。

耳朵上的疤痕

空气中雪的清香
仿佛在提醒着我
多年前的
这样一个落雪的天
我们走过的那条
飘雪的晨路
你说你答应我
就这样一生一世的
在一起　看落雪
我轻笑着说你看那雪花
落在地上很快就化了
像你许下的诺言
你无语　而我
却看得到你眼中
深藏着的忧伤
听得见你胸口
长久无奈着的颤音
而此时
相隔了无数个
这样的 落雪天的清晨
我依然可以听得见

你曾经悸动着的心底
泛起的每个无声的音符
伴随着雪花
静静地融化在
已经潮湿了的泥土中

——《落雪》

我的右耳朵上有一处小小的疤痕，那是上小学一年级，我在班里跟那些淘气的牧民小孩在做游戏时，无意中绊倒了磕在凳子上留下的。

那会儿，在锡盟镶黄旗蒙古族学校上学的孩子们，除了一小部分是我们这些父母亲都在国家机关上班的城市孩子，其他几乎都是来自牧民家的小孩。牧民家的孩子们多数上学晚，年龄偏大，因此在个头上比我们这些城市孩子高大结实许多，也顽皮许多。在蒙古族语学校上学的孩子们不像从前汉族学校的男女同学下了课各玩各的，而是嘻嘻哈哈玩在一块儿的。那时候是草原上雨水大的年份，河水经常暴涨，会发洪水，所以洪水经常会把我们学校和旗中心的那一小片居住区隔开。原本那里是一条清澈见底、潺潺流过的小河，就是五六岁的小孩子也可以毫不费力地踩着鹅卵石走到河对岸。可洪水暴发的时候，水量就大增，河水变得混浊，变得凶猛，这个时候就会不那么容易趟过了。于是蒙古族学校里大一点的牧民小孩总会很兴奋地把我们这些胆小的城市孩子们一一背过河去，似乎只有这个时候才更能显出他们的良好体质和英雄气概一样。因此，蒙古族学校里的孩子们之间的关系是融洽友好也不怎么避嫌疑的。

冬天，当河水结了厚厚的冰时，我们学校的孩子们又会在冰上玩起抽冰弧、坐冰车等游戏，好不热闹。

有一年冬天，天气格外冷，老师告诉全班同学除了课间操其他时间都要待在教室里。于是，做完操，全班同学都在教室里玩起游戏来。一部分孩子在玩骑马砸骆驼游戏,另一部分孩子满教室地疯跑追着玩。而我和一个跟我一样矮小的城市小孩正在黑板上投入地画画，根本没发现一个牧民小孩已经悄悄来到了我身后。本来他是想过来跟我们一

在草原上。

起画画的，看见我们那么投入，谁都没发现他，他就改变了主意想吓唬我们一下。他偷偷走到我身后就那么使劲一掰我肩膀，毫无防备的我立刻没了重心，“啊”的一声尖叫向一旁倒去，随着“咚”的一声巨响，我的右半边脸直接砸到了一旁的凳子角，马上失去了知觉。

醒来的时候，我发现自己正趴在班里一个最高最壮的男孩子身上，虽然是寒冬他却满头大汗，正在背着我向着医院方向飞奔，脚下是冻硬了的河床，而身旁就是那个惹了祸的男孩。他正用一只袖子擦着不断涌出的泪水，另一只手扶着我的腿跟在后面狂跑，那袖子上面已经结了冰，那是他的鼻涕眼泪结的痂。在我们后面，还前前后后跑着班里的其他同学和老师，都在气喘吁吁地跟着我们一路小跑，那场面着实壮观。

到了医院，医生马上给我打了麻药，缝了针，而我就那么躺在急诊室的床上睡着了。等我醒来的时候，父亲已经来了好久，而同学们却被老师带回了学校。

过了些日子，当我的伤口愈合后又回到学校才发现，害我受伤的牧民小孩并没有来上学。一问同学才知道他受了批评，老师还把他的父亲也叫来了。他被他父亲就那么当着全班同学的面好一顿打，然后给带回了家。得知他父亲有可能不再让他上学的时候，我心里很难过，老师和同学们也很着急，于是老师带着我们几个同学找到了他的家——草原上的两个不大的蒙古包。他母亲其阿姨怀着深深的歉疚接待了我们，不住地对老师说着一些抱歉的话，还说她们家实在需要大儿子给他的父亲当帮手，并告诉老师他和他的父亲去放牧了。看得出来他的家境并不是很好，两个年幼的弟弟一个三岁，一个才刚满一岁。

老师告诉其阿姨说都是小孩子游戏不注意，并不是他本身有什么错，又说斯琴格日乐已经好了，也和大家一起来了！说着把我叫到她面前，让其阿姨细细看我的伤口愈合处。见到我，其阿姨眼里霎时噙满了泪水，并不住用蒙古语说“可怜的孩子，这么小，受罪了”等等，还抱怨她的儿子太顽皮不懂事，等他回来要好好教训他什么的。一时间大家的情绪都受到了感染，我极力忍住自己的眼泪对其阿姨说：“阿姨，苏和不是故意的！您要是不让他上学我们会很难过的！”让我受伤的同学就叫苏和，听我这么说，同学们马上附和着我，还一起列出了苏和平常的种种好。老师也说了很多话，但其阿姨不再出声，只是默默地看着我，看看苏和两个年幼的小弟弟，再看看老师和同学们，眼里充满了复杂的神情。

天色渐晚，老师谢绝了其阿姨留下吃晚饭的请求，带着我们离开了苏和的家。夕阳西下，在一片柔和的金色光芒照耀下，白雪覆盖着的草原呈现出少有的绚丽景象。草原四周静悄悄的没有一丝风，只有我们一行人踩在雪上的嘎吱嘎吱声格外刺耳。不一会儿，就会有同学问老师苏和会不会来上学。老师的回答异常肯定：“同学们，放心吧！苏和一定会来的！我们鼓鼓劲，唱支歌吧！”老师自顾自地唱了起来，同学们也开始跟着老师一起唱，我们的歌声越来越高，传得越来越远。每个人都用自己最大的声音唱着，似乎只有这样自己的声音才能传得更远，才能让苏和和他的父亲听到……

老师说对了，第二天早晨苏和真的来上学了。上学的那天，苏和郑重地把右手抚在胸前，学着大人的样子给我和全班同学行了鞠躬礼。其实，我的伤口早已经不疼了。班主任老师特意把我们两个人的座位调在了一起，并鼓励我们好好学习互相帮助。苏和的小脸兴奋得红扑扑的，而我趁老师转过身去开始讲课的时候悄悄对苏和说：“你那天边哭边跑的样子真是滑稽，两个袖子上都是鼻涕嘎巴儿，很恶心呢……”苏和的脸红了，马上不好意思地低下头，看着他那脏兮兮的小手和依旧脏兮兮的袖口，两个脸蛋红得就像刚刚喝了一壶马奶酒。

懵懂年代

别为我哭泣
即便是在多年以后
在我的诗中
你读懂了
久违的真挚

别为我哭泣
即便是在
点破迷津　你
找到答案的那一刻

别为我哭泣
即便是所有的夜晚
再也没有明月
前来为你
撒下银样的路光

别为我哭泣
即便是你的泪水
足以淌满
你干枯了太久的
心海

——《别为我》

在我还是一个舞蹈演员的时候，我从来就没有想过将来有一天我会以一个歌者的身份出现在大众视野里。那时候我唯一的梦想是当一名舞蹈家，为此我经过了五年的艰苦训练，付出了前所未有的努力，那也是我至今为止最快乐的一段少女时光。

刚进校的时候，我还是个没怎么见过高楼大厦的草原女孩，对于呼和浩特这个内蒙古最大的经济文化中心立刻就产生了强烈的好奇。夜深人静的时候，我常常看着窗外明净而硕大银圆的月亮无法入睡。这一切多美好啊，我甚至不敢相信从此我真的就可以生活在这个我向往的城市，住在这个充满了艺术气息的校园里开始我的梦想，成为一名舞蹈演员了。

当我还是个小学生的时候，我参加过学校组织的每一项文艺活动。蒙古族地区跟纯汉族地区非常不同，在学校里，各种各样的文艺活动常常办得热火朝天。那个时候我是校文艺队的主力，平常不爱说话有些腼腆的我在舞台上每每就变成了另外一种活泼开朗的样子。老师常说，这个孩子将来不从事艺术行业一定是很可惜的，我听了，嘴里不说什么可心里却是欢喜的。

被数学老师指责为笨孩子的我在文艺老师那却成了最好的学生，所以内里反叛外表温顺的我索性就把数学课当成了幻想课。数学老师对这个骂不还口，好言相劝功课也不见起色的奇怪小女孩完全失去了兴趣，任由我待在教室的角落里天马行空地随意幻想，只要求我不在课上唱歌便好。因此在我考上舞蹈专业即将离开学校的时候，似乎除了文艺老师外，每一个文化课老师都觉着很平常，丝毫没有恋恋不舍的心情。

九岁学习大提琴时期，拍摄于锡林浩特。

内蒙古艺校时期，每天艰苦地练舞。

我更是乐意得很。父亲把我送到艺术学校离开的时候，我是所有报到的同学里唯一一个离开父母没有哭哭啼啼的学生。

开学的第一天，我就受到了班主任梁老师的表扬，因为我床铺的整洁利落。那应该归功于父亲给我带的行军用品，一套军绿色的被子，一个褥子，还有一个军绿色的羊毛毯，看起来既朴实又整洁。这些被褥每天都被我方方正正地叠在床上，而不是像其他同学那样胡乱丢在床上，他们的被褥都是些圆圆滚滚的极不好整理的绸缎棉被。我想，当时让老师惊讶的是，这样一个 11 岁的女孩子怎么会有这样军人的做派，而让她满意的是今后五年里我在学校的刻苦努力和少有的沉默。

这还是有一次，梁老师在天津的一档由程前主持的电视节目中说起的。那是我自学校毕业后头一次见到梁老师，老师的头发已经变得花白，脸上却依然光洁完全不像一个 60 岁的人，目光依旧如记忆中那样锐利，舞姿像从前那样一丝不苟。

那一次，他们悄悄把梁老师从内蒙接到了节目录制现场，而我却被蒙在鼓里。可想而知，在见到梁老师的瞬间我是怎样的惊喜——我感动得热泪盈眶。老师说，在我火遍祖国的大江南北之时，她不知道也无法将电视屏幕上那个背着琴唱着歌极其张扬的斯琴格日乐和她的那个腼腆害羞的学生联系到一起。那次节目让我印象深刻，也让我充满感激。这是我成名之后的事。

那一年秋天，父亲帮我打理好一切，留下 30 元钱生活费就回锡林郭勒草原了，留下来的我忽然发现自己不过是一个刚刚离开家、离开父母亲的无助小孩，那些父亲在身边时我所表现出来的顽强一瞬间离我而去，我的心里变得不知所措，变得无比伤感了起来。除了夜晚在黑暗中用被角捂住嘴轻轻抽泣，我不知道自己怎样才能缓解我对家乡，对亲人的思念，也不知道怎样跟同学们尽快熟起来。我从小就是这样一个不善于跟人们很快打成一片不善于表现自己的孩子。以至于在我成为一个著名歌星出现在屏幕上，出现在大众视野中的时候，我的同学和老师们仍然在很长一段时间里认为，那个唱歌的斯琴格日乐只是和我同名而已。这样的性格一直延续到今天。

为了磨炼自己的意志，也为了自己的专业课比其他同学更好，我开始每天早晨比别人早起半个小时跑步，晚上比其他同学多练很久才回到宿舍。功夫不负有心人，在一年级上半学期，我已经成为全班专业最好的学生。

退潮了
海水裹挟着泥沙
慢慢离去
光亮的贝壳
静静地裸露在
阳光照射下的
沙滩上
等待着人们
去发现 去采集
去珍藏
等待着回到
经历了风浪的
海的怀抱
等待着再次
潮起潮落

——《贝壳》

忽然就想起了上学那会儿学校里的食堂。那时候的食堂可比不了现在学校里的，环境好，食物种类又繁多，学生们可以自由选择自己喜欢的饭菜。我们那会儿的食堂只不过是一间空荡荡的有着水泥地面的大房子，里面摆了许多张桌子，连椅子都没有。窗户有些是用塑料布蒙着的，冬天跑风漏气是经常的事。学生们也没有自由选择饭菜的机会，每天的饭菜都是由厨师们自行决定，无非就是白菜、土豆、豆腐混在一起煮。有时还会有令人难以下咽的钢丝面，之所以称之为钢丝面，是因为这种用玉米压成的面条非常之硬，吃完要是胆敢喝水就会胀死你。

有时，我们的汤里也能看见些许肥肉片或肉星星，但基本上没有多少油水。我们这些舞蹈专业的学生每天消耗着巨大体力，吃了饭不到一个小时又会变得饥肠辘辘了。那个时候，一到了午饭时间，全校各个学科几乎所有学生就会迫不及待地跑到食堂去打饭，每个人手中都举着一个铝制的长方形饭盒和一把大铁勺。有一段时间，我们的饭菜分别装在两个洗脸盆里按年级放在属于各自年级的桌子上，由班长来给每个同学一勺一勺地分饭菜。后来改为自己用饭票在窗口领饭，因为那些淘气的男孩子们总是在第一时间跑到饭桌前把我们女孩子的饭菜也给吃光，这样一来，我们这些脆弱的小女生就得饿着肚子上非常消耗体力的专业课了。

到了周末，食堂的师傅们也会给我们改善一下伙食，做一顿过油肉或者肉龙（一种带肉馅的食物，用白面做成，味道像包子一样好吃，因为外形长得像鞋垫所以被我们戏称为鞋垫）。这个时候，你会看到

内蒙古艺校时期，与藏族班的小妹妹。

整个饭堂每个学生的脸上都会荡漾着少有的幸福笑容。

平常，我们每个女生都会悄悄准备一两瓶辣酱，在饿得实在受不了的时候就跑到门口的小卖部买两个馒头或花卷蘸着辣酱吃。如果这个时候你手里拿着的是油焙子，那么你无疑是最受关注的一个了。因为一个油焙子的钱是可以买到三个馒头的，所以，如果在月末的时候还有人吃油焙子，那简直就是一种奢侈了。

那个时候，我们最希望谁的老家能来人，因为老家一来人就会带着很多好吃的东西，然后全班同学就可以美餐一顿了。我们给家里写的信里通常都会要求家里来人时带些家乡的特产。

记得有一次，父亲单位的人来呼和浩特开会，父亲就托他带了些

摄于内蒙古艺校时期。

刚刚炸好的一大包果子和自家制作的干咸菜给我。父亲的同事因为工作比较忙，直到在开完会以后才想起把那包果子送到我的手里。当我在同学们面前打开包裹的时候，那一包油炸果子都长了白毛了。我把干咸菜分送给班里的同学后，还是舍不得扔掉那些母亲辛辛苦苦炸出来的虽然已经长了毛的果子，就把它们晾在我们宿舍的窗台上。就这样，那些长了毛的炸果子还是被我和我的同学们挑挑拣拣的吃掉了。居然没有人闹肚子……

那真是一个长白毛的果子都可以让我们吃出幸福的年代。

内蒙古艺校二年级时期，和同学首次拍摄杂志封面时留念。

请不要吵醒
我的梦
请让我
在这满池的荷叶中
像莲一样睡去
让我的梦里
充满莲的清香
充满莲的温暖
充满莲的期待
直到春雨
拍打荷叶的
清脆歌声
将朵朵清秀的莲
唤醒
我便和那满池的莲
一同绽放在
你的眼前

——《青涩的绽放》

那时候的内蒙古艺术学校，还是个教学设备简陋，师资力量不是很雄厚的学校。我们上专业课的地方只有两排平房，前排三间排练室，后排两间排练室，中间隔着器乐班的琴房。舞蹈科五个年级十个男女班的学生按时间轮换着在这两排平房排练室里上专业课。

我们一天的运动量非常大，除了每天的主课基本功之外还有毯子功、蒙古舞、民间舞、表演课等，这些课的中间会穿插文化课、音乐课。这样下来一天的运动时间几乎在八个小时以上，这还不包括早晨的 400 米 15 圈的跑步和晚自习的自由练习时间。所以说，要做一个好的舞蹈演员所要付出的努力，要比做一个歌手多得多。那确实是常人所难以承受的，所以我很感谢和庆幸老天给了我那样一段经历，那确实磨炼了我顽强的意志，也让我练出了良好的体态和健美的身材。

直到现在，我的身体还是很柔软，这就是那个时候超强专业训练的功劳。记得有一次，在北京电视台的一档体育节目中有这样一个环节，要我给我们的对手组国家女足守门员高红做一个让她难以模仿的动作，当时我就做了下叉的动作。这确实把一个专业的足球运动员给难住了，这个动作是需要做它的人有一定的软度的，而足球运动员是不用软度训练的，他们要的是爆发力、耐力、弹跳力和良好的身体素质。后来幽默而又反应灵敏的高红两手抱空鞋，一条腿蜷曲，另一条腿向后伸直，用这样的假动作来代替下叉的，在场的观众立刻被她的搞笑动作逗得东倒西歪。在后来的日子里，我们成了很好的朋友，尽管旅居加拿大的高红跟我不能经常见面，但这丝毫也不影响我们的友谊，这是后话。

那个时候强大的运动量促使我们这些正在长身体的女孩子们出

内蒙古艺校期间，对乐器也很感兴趣。

奇能吃，饭量也大得惊人，以至于每个假期回家，母亲都因为我狼吞虎咽的吃相和吓人的饭量而伤心落泪，以为自己的孩子出门在外着实给饿惨了。殊不知强大的运动量除了增强我们的体质，还让我们的消化系统也变得良好，一顿饭吃四五个大馒头和满满一饭盒菜汤（当时的一种长方形铝饭盒）对我们这群舞蹈小女生来说实在算不了什么，因此吃十几个母亲做的香喷喷的羊肉馅饼就更算不上什么了。

有一次星期六，学校食堂做了一顿包子给我们改善生活。为了让我们吃得更好更饱，大师傅们专门把包子做得跟馒头一样大，每个人定量五个。结果我们班有一个同学一口气吃了九个硕大的包子，吃完还说不解恨还可以再吃上几个。立刻，她在全年级就出了名，以后很长一段时间她都被大家戏称为“大胃”。

可后来我们知道，在学校里像她这样的“大胃”可真多的是呢，就比如……我……只是我没像她那么张扬罢了。

内蒙古艺校一年级时期，我（右四）在舞蹈课上。

在中央电视台节目录制现场。

将你

藏在那片花丛里

那些用我的

温暖笑容

用我依旧孩童般

清澈的心灵织就的

我的花一样的年轮里

——《藏》

一进艺术学校的大门，就能看到路旁两排整齐的丁香树。寒假结束，开春返校的时候，那些丁香花就开始慢慢长出一个个淡粉色的花苞苞，继而温柔却又是热烈地开放了！这个时候也是我们十几个女孩子最快乐的时候，每到晚饭之后晚自习前的两个小时里，我们就会聚到丁香树下寻找五瓣丁香。据说最先找到五瓣丁香的人就会最先获得幸福。在那个青涩且满怀爱情憧憬的年代，我们对此深信不疑。

每当我第一个找到五瓣丁香的时候，我都会悄悄地把它夹在书中，静静地品味那虽小却足够粉紫的花瓣，就像品味着真正的幸福。长期的积累使得我的书中夹有很多像这样的小花朵，有些已经泛黄，这是那个时候对幸福和爱情朦胧而又纯净的梦——那时我们对幸福的定义似乎只局限在得到爱情上，而今天却发现幸福的含义包含了太多并且随着年龄的变化而变化着。

那个时候我最爱上的课是表演课。虽然我的基本功、蒙古舞、民间舞都是全班最好的，但我还是喜欢上表演课。因为只有在上表演课的时候我们才有机会跳整段的舞蹈，而每一个舞蹈只会选择最适合也就是跳得最好的人来表演。那个时候，表演老师几乎在所有的舞蹈中都选择了我跳领舞、独舞和双人舞。而我之所以喜欢表演课的另一个原因是，只有表演课的时候男女班才会同班上课，我才有机会见到那些男班的同学们。而男班里有一个和我一起从锡林郭勒草原来到这里的小学同学，是我在那个充满幻想的年代喜欢上的第一个男孩。这算是初恋吧，甚至没有多说过几句话，只是远远地相互关注相互喜爱。顶多是两个眼神在人群中刻意地碰撞又迅速逃离，而那面红耳赤后的心跳加速是初恋唯一的接触。当我五年之后

内蒙古艺校时期，与同学的合影。

摄于内蒙古艺校二年级。

走上工作岗位的时候，那种初恋的状态很快就消失了。毕竟，纯真年代的幻想与现实距离太遥远。

我们班的男孩子们被公认是历届舞蹈男班里最淘气的一班。那个时候舞蹈班的男孩都喜欢留能够遮住眼睛的刘海，也许他们认为这样看起来很帅吧。学校却有明文规定不让男学生们留太长的头发，能够留多长则取决于自己的班主任老师。有些老师管得松，有的老师却比较严格，我们男班的班主任恰好是个严厉的老师。

有一次，在学校大会被点名批评之后，男班班主任下达了最后通牒，谁要是不把长发剪掉谁就不许来上课。为了表示他们无声的抗议，一夜之间男班 12 个男孩全部剃成了像囚犯那样的光头。第二天，当 12 个小光头出现在他们的班主任面前时，他们的班主任气得差点吐血。随后我们全校的师生在午饭时间都看到了那 12 个“光头”在操场上一圈一圈地狂跑，而他们的班主任坐站在操场的正中央像个愤怒并且肯定是饥饿的狮子。

《夏》

要怎样

才能将我

郁积在心中

太久的困惑

化作夏日青空

清凉的

悟之甘露

《秋》

在你

离开的时候

请关闭那扇门

那扇曾经为你

敞开的大门

将你的冷漠

和秋天

飘零的忧伤叶子

一并关在我的

心门之外

《春》

那一波高过一波的
将记忆
无情砸向岸边的浪啊
是你吗
我珍藏在心底最深处的
也是曾失落在
昔日海边的春潮

《冬》

冬野 素洁
冰清的积雪啊
将枯燥的土地
埋葬
被埋葬的还有
你恍若前世的
温情

——《四季琴声》组诗

1987 年呼和浩特市民族歌舞团期间，歌舞团门口留念。

能够留在首府呼和浩特是那个时候我们大家非常向往的事，本来这样的希望在我们这一届舞蹈学生身上几乎是不可能实现的，因为我们在进校的时候就已经定好了去向，也就是说我们这批舞蹈学生是专门为偏远地区培养的。但恰好在那个时候呼和浩特正在新建立一个民族歌舞团，歌舞团需要大量的专业舞蹈演员，所以我们班的六个学生还是被留在了呼和浩特，其中就包括我。

初到团里的日子是新奇的，离开学校我发现自己变成了自由人，每天有太多的时间属于自己，学校里那种束缚在一夜之间消失了。在我们的户口和工作关系还没有正式转到歌舞团的几个月时间里，同来的几个人都选择了回家等待，这样除了可以度过一个假期，还能省下许多花销。因为关系还没到团里我们是没有工资的，团里只给我们30元钱的生活费。为了不荒废舞蹈基本功，我在锡林郭勒草原的家里待了没多久就回到了呼和浩特。这个时候我多么希望自己将来能像莫德格玛老师（蒙古族舞蹈家）那样成为一名舞蹈家，因此不想荒废任何练功的时间。团里的老队员很快就发现，有一个不爱说话的女孩几乎整天泡在排练场练功，对我的闲话就多了起来。我却不怎么在意，我想是我的刻苦努力跟团里那种闲散瞎聊形成了鲜明的对比，他们不太喜欢吧。

团里也有食堂，食堂里的饭菜比学校里好了很多但也贵了不少。我那少得可怜的生活费显然不够应付每顿饭都在食堂里吃的开销，因此大部分时间我会在房间里的小电炉子上煮饭，只有周末才肯去楼下的食堂改善一下伙食。通常是，早晨下了操趁着大家吃早点的工夫，我就跑到早市上去买一些土豆、白菜和很少量的肥肉。中午休息时，我把肥肉的油榨干当作炒菜用的底油，外加两个馒头，我的午饭和晚饭就都有了。偶尔，团里的老队员也会请我到家里去吃饭，那便是我最开心的时候了。

可在那么艰苦的环境下，我的体重还是比在校时增加了不少，这也许是运动量锐减的原因吧。有一天，我和几个舞蹈演员正在排练场练功，忽然听到我们团的一名老队员刚一进门就一声惊呼。那呼声在空旷的排练场里显得异常响亮，把所有人都给吓了一大跳。于是大家纷纷跑过去问她出了什么事，她故作夸张地对大家说：“天哪！斯琴格日乐！那是你的腿吗？快来看看斯琴格日乐，她长了两条象腿，哈哈哈……赶紧减肥吧！”说完就恶作剧般哈哈大笑起来，其他队员们也立刻跟着哄堂大笑，所有人的注意力在一瞬间全都跑到了我那粗壮的腿上，而我却再也抬不起头来了。从此之后，我发现除了人手不够的舞蹈要我去充人数外，我的舞蹈几乎全部被拿下，尽管我的基本功还是最好的。

这让我很受打击，因此我决定变成全团最瘦的人。于是在之后的很长一段时间里我跟晚餐说了再见。功夫不负有心人，不到半年的功夫我真的瘦下来了，体重从 118 斤迅速降到了 90 多斤，名副其实变成了全团最瘦的一个。我靠自己的毅力减了肥，但这样的结果是，我的身体因为长期的营养不良和超强的运动量变得虚弱，贫血现象也时有发生了。

不过，我还是很有成就感的。但，当我终于成为了全团最瘦的人之后，我发现我的理想已经由努力成为一个舞蹈家变成了做一个出色的摇滚乐手了。

附：在这里我倒可以推荐一个很简单的办法给大家，那就是每天喝一杯鲜榨的苦瓜和芹菜混合汁，既降血脂又减肥，只是味道之苦令人难以下咽。不过，这总比不吃饭或需要很大的运动量来保持身材要容易得多，对皮肤也有很好的滋润作用，所以不妨试一试。

南下寻梦

你的声音像蚊子叫

起风了

在昨夜的电闪雷鸣之后

似乎越是这样的天

我的心就越是安静

安静得可以听到

从心底里发出的声音

——《安静》

记得还是我在上小学的时候，大姐不知道从哪里借来了一台砖头录音机，里面还有一盘卡带，收录了很多电影插曲。《奴里》《流浪者》《桥》《大篷车》《音乐之声》等等电影的经典插曲就成了我那一段时间的精神食粮。我总是能把每一首歌都完整地唱出来，一个节拍都不会错，每一个词都唱得很准。要知道那可是很多种国家的语言呀！家里人总是对我的这一能力感到惊讶，所以家人们成了我最忠实的听众。那个时候我有过很多关于唱歌的梦想。可是到了团里，这些个梦想被团长的一句话给粉碎了。

那是 1989 年的时候，流行音乐已经开始蓬勃发展，我们团也不甘落后成立了轻音乐团并且开始招募电声乐手、流行歌手。那个时候的我还不怎明白人情世故，每天只懂埋头练功，跟团里头头们的关系并没有那么融洽，因此，尽管我的专业在团里数一数二却并不被重用，除了人手不够时充当个群舞演员，大部分时间都会被人们遗忘。

然后我就有了做歌手的想法。我知道自己的音乐感觉胜过他人，也知道自己完全可以胜任，但是除了家人，还没有一个人听过我唱歌。于是我决定在乐队的排练室利用乐队的休息时间唱给我们歌舞团的团长听。

我选了一首邓丽君的《一封情书》。当时，排练室里除了团长，还有几个乐手在里面闲聊。我说我想唱歌，想参加轻音乐团做一名歌手。团长特别惊讶地看了我半天，说："那你就唱给我们听听！"于是我开始唱："你的一封情书，让我看了脸红心儿跳……"还没唱到第二句，就被团长的大笑和那几个看热闹的乐手们极力想忍又没忍住的笑声给打断了。我愣在那里不知该如何是好，团长说："你的声音就像蚊子叫。”说完笑得更厉害了，然后上气不接下气地说：“你应该好好练你的舞蹈基本功，别再瞎琢磨唱歌了，你不是那块料。”

对我来说这感觉几乎就像世界末日，我甚至没能说出一句话就在沉默中回了宿舍。虽然我知道他们并没有仔细听我唱歌的感觉，但那已经足够将我唱歌的所有自信给扼杀掉了。那之后的若干年，我再也没有唱过歌。

也正是因此，1994 年在北京，我把我自己创作并用小录音机录制的第一首歌《蒙古骑士》的小样送给《中国火》录制总监听的时候，还特别强调这只是小样，主唱会找另外的人。他问：“为什么你自己不唱？”我说：“我唱得不好，不是这块料。”总监转过头特别郑重地对我说：“你怎么能说你不是这块料？”

这时候，若干年前团长的话又清晰地出现在我的脑海里，我又跟着我脑袋里那个语气强势的声音重复了一遍：“我不是那块料。”“相信我，你的音色非常好，你可以胜任主唱。”总监非常肯定地对我说。所以，那天，除了录贝斯，我还录了唱。那天，我做了一把乐队的主唱。

录完音之后，我们乐队得到了 2000 块钱的录音费，除了付给外请的马头琴全胜 500 块，其余的就拿到新疆村（现在的甘家口附近）的一个小饭馆里吃宵夜庆祝。我们叫了燕京啤酒，开心地喝了一个晚上，音乐了一晚上，也梦想了一晚上。然后我毫不掩饰地哭了个稀里哗啦。这应该把他们吓得够呛。他们可从没见我哭过。

以嘉宾身份出席维塔斯个人演唱会。

寂寞小孩
憨涩的笑
你是夜晚
孤独的颠覆者
还是聚光灯下的
舞蹈牵引人
你只静静地笑
愁云便消散了
天空便晴朗了
忧伤便被你
淹没了
防线便被你
摧毁了
于是
寂寞小孩
在憨涩中
忧伤地笑

——《寂寞小孩，憨涩的笑》

乐队排练场就在舞蹈排练场的边上。在我跟着团里那些老队员参加每天上午的集训课时，总是能透过玻璃门看到走廊里站着的那位高大英俊长得有些欧式的男孩。我想他一定是某位舞蹈演员的男朋友吧，要不然也不会天天站在那里看我们练功。后来听老队员们说起，才知道他是乐队新来的贝斯提琴手，而且我们的排练场里也没有他的女朋友，他只是在练琴练累了的时候才会跑到走廊里抽烟，顺便养养眼的。老队员还让我猜他的年龄，看起来有二十五六岁的他实际年龄只有 18 岁，为此我输掉了十几支牛奶雪糕。

后来我们恋爱了。在那个没有网络、没有卡拉 OK、也买不起电视机的年代，恋爱似乎是所有少男少女唯一的充实枯燥生活的方式。那是我的第一次恋爱，居然持续了 13 年。

他是一个善良憨厚而又单纯细腻的男孩，对他的专业及乐器有着异乎寻常的热爱。刚从北京买回那把低音手工提琴时，他自己宁愿坐硬座，却给他的提琴买了张卧铺票。另外，他对家人的孝顺是那个年代像他那么大的男孩子里少有的。

可是，我的父母亲像天底下所有把女儿永远当小孩子看待的保守父母亲那样，强烈反对我过早谈恋爱，更强烈反对我找一个外族的男人做男朋友，尽管他还有一半的满族血统。

于是一场旷日持久的争夺战开始了，父母亲要把他们的宝贝女儿从一个外族男人手中夺回，而一个外族男孩却在用他的实际行动感化着我的家人。我想他成功的原因也有我的逆反心理，而父母不理解我的逆反心理。

很小的时候，在我还不能决定自己的命运时，父母亲就为我做

1987 年随呼和浩特市民族歌舞团来京演出，
在天安门前留影。

主选择了蒙古语授课的学校，为的就是不让我忘记自己的民族语言和文字，而我没有辜负他们的期望。可在今天，我选择一个外族的男孩作为男朋友显然伤透了父母的心。那个时候的我似乎把爱情看得比生命都重要，因此，尽管那段爱情在13年之后还是以失败而告终，但当时我却选择了与父母亲对抗。对抗的结果是，我的家人不再过问我的事。

后来，也许是因为二姐婚姻的失败（二姐夫是个地道的蒙古族男人，集蒙古族男人的豪爽、义气与好酒于一身），也许是因为我的父母亲看到了那个一半是满族一半是汉族血统的男孩对我无微不至的照顾和对家人的好，我的父母亲选择了默许，但一定要我继续我的舞蹈事业。

那个时候的我，除了爱上那个大我还不到一岁的男孩，还无可救药地爱上了音乐和他所从事的专业——低音贝斯。在随后的日子里，人们除了在舞蹈排练厅看到我拼命练功的身影，还在夜深人静空旷的走廊里听到我几个小时不间断的琴声。练功是为了遂父母亲的心愿考上舞蹈学院，练琴却是为了我自己和像我一样怀着摇滚梦想的另外三个男孩一起组建的苍鹰乐队，能够在呼和浩特体育馆举办的一场摇滚擂台赛。那个时候的我们做梦都想着，有一天能够跟那些真正的摇滚乐队一起站在热血沸腾的舞台上，而这一天很快就到来了。

那一年我们得到了在体育馆和超载乐队、零点乐队还有另外一个来自北京的摇滚乐队举行一场擂台赛的邀请，兴奋之余刚刚组建了没几天的苍鹰乐队开始了为期22天的排练。

演出的当天，我见到了年轻漂亮而又才华横溢的摇滚女歌手魏华和当时担任她的节奏吉他的高旗，他们前卫的装束和另类的声音给我留下了太深的印象。而我们用蒙古语演唱的歌曲也让他们感到新奇，我们的演出显然是成功了。虽然演出很成功，但摆在面前一个很现实的问题是，我们没有能够发出我们想要的声音的吉他、贝斯还有效果器，更别提一套像样的鼓了。我们每个月只有一百多元钱工资，想要买一把像样的琴简直是不可能的,买一把好琴至少要几千到上万元钱。这让我们几个怀有强烈音乐梦想的年轻人犯了愁，很长一段时间内打不起精神来。

北京来的摇滚乐队很快就回北京去了，可给我们几个人留下的震荡却远没有停止。他们说的那句“你们应该去北京发展，在那里你们才会有更好的发展空间”在我脑子里一遍一遍过着，总也无法忘记。我头一次萌生了去北京闯荡的想法。

可以让那些云散去吗
那些漂浮在空中
绚丽着的云
你曾说它们是幸福
我便去追了
你说它们即使散去
也会深藏于空气中
隐于无形
于是我雀跃
并坚信我的呼吸里
充满了　幸福
而如今我要它们散去
因那空气中的尘埃令我窒息
我是要那可以触摸得到的幸福的
而我　真的触摸到了吗

——《触摸幸福》

在体育馆的演出结束后不久，我收到了从内蒙古艺术学院寄来的舞蹈专业录取通知书，就是说我要面临人生的第一个重要选择。我心里非常清楚，如果我去上学就必须要放弃我们刚刚组建不久的苍鹰乐队，放弃我无比热爱的音乐梦想，而放弃上大学无疑会让我的父母亲伤心。这让我很是为难。

有一天，我正在宿舍练琴，很多天没露面的鼓手阿古和吉他手满脸神秘地来找我了。鼓手告诉我，他就要走了。

“上哪儿？”我奇怪地问。

“我要去南方，去深圳！”

“啊？！真的假的？”我实在有点不敢相信。那时我们身边有很多人去了南方，听说在那边他们很快就赚到了很多钱，比能买一把琴还多得多的钱。

鼓手说：“当然是真的！我先去探一探，要是情况好咱乐队全都过去！”

吉他手说：“对啊！那样我们很快就能买好琴了，我还要买最好的效果器！你也可以买一把真正的斯坦伯格无头琴（我的梦想之一）了！你说呢？！”吉他手转向了我，试图能够说服我。

“那……工作怎么办？”

“辞职！”鼓手想都没想冲口而出，看着我为难的样子，“……其实也可以停薪留职。”

鼓手试着说服我，而我却犹豫了。当时我在团里年龄小，基本功和表演都很突出，但却因为我生性沉默寡言不会讨好领导，再加上过早的谈恋爱，并没有受到领导的赏识。因此，为了证明自己的实力，

也为了父母亲的希望，我去报考了大学并收到了录取通知书。当我把这个消息告诉他们时，鼓手和吉他手不再说话了，但我分明在他们的眼中看到了那种深深的失落和受伤的眼神，那样子似乎在责备我：怎么能够为了自己而放弃我们共同的音乐梦想和刚刚起步、却正在朝气蓬勃发展着的乐队呢?

“我回家了，你怎么着?”鼓手打破沉默对吉他手说，“如果我明晚没给你们打电话，就证明我已经离开呼和浩特了！拜拜！”

“好吧，但愿我们很快还能见面！”我和吉他手送走了鼓手。然后，我们就坐在歌舞团的大门前，看着头顶黑漆漆的夜空，一时间两个人都不知道应该说些什么才好。

就这样过了很久，吉他手像是终于下定了决心对我说：“也许你该上大学，我们可以再找一个贝斯手，毕竟，贝斯手好找，大学可不是那么容易考上的。”

我说：“……”

顿了顿，吉他手继续说：“你看，气氛都变紧张了啊，这样多奇怪啊……我们买雪糕吃去吧。”

我说：“也许……我不应该放弃音乐。”

我面前的吉他手，与我恋爱了有一年多的男友，此时的眼中分明开始闪现出希望的光彩。

那一刻，我的内心做出了改变我一生的决定，我知道我不会离开这个真心爱我，像呵护自己的小妹妹一样呵护我的男人，也不会离开这个充满活力的苍鹰乐队。

随后，我静静地藏起了大学录取通知书，并且把这个秘密永远埋在了心底。至今我的父母亲仍然不知道我的这段经历。在鼓手离开没多久，我和吉他手辞去了工作，带着所有的行囊踏上了南下的旅途，开始了长达三年的另一种生活。

在南方的日子

你在酣睡中微笑
是你的梦里
有收获的秋吗
还是你的心
从此与欣喜结伴
过往的日子
你说你都在等
等那星空下
长久的誓缘
等那花雨纷飞
轻纱舞动的曼妙
而今　你说
你不再期盼
即便那期盼
是华丽是绚烂
是你往昔
挥之不去的梦
因　你希望 这一刻
这并不喧嚣的一刻
这温暖质朴的一刻

就此永恒
即使那永恒只有
一个季的长度

——《在酣睡中微笑》

在经过了长达三天两夜的旅途生活后，我们到达了深圳这个在我梦里出现了无数次的特区。接我们的朋友并没有要我们在这里停留太久，只是让我们匆匆吃了一口饭，就把我们送上了一辆去往淡水的长途汽车。连天的旅途劳顿让我的心情烦躁到了极点，从家乡出发时的兴奋和对美好未来的憧憬统统消失得无影无踪。

在沿途的路边上，到处都是被挖开的坑和正在建设着的道路房屋，这跟深圳市区高楼大厦的整洁气派形成了令人沮丧的对比。车上都是说着客家话的当地人，他们的装束和身上的气味显示着他们各色不同的身份。他们用我们听不太懂的客家话在跟售票员进行着激烈的三元两元车票的讨价还价。每到一地，售票员就会用那种大得吓人的声音催促着在那里下车的人赶紧下车，然后再拽更多的人上来。不一会儿，小小的中巴就变得拥挤不堪，还散发出令人作呕的气味。

就这样，又经过了三个多小时的颠簸，我们终于到达了目的地淡水。我看不出这个潮湿泥泞散发着一股腥味的像小渔村一样的地方怎么会让我们这些身怀音乐梦想的人找到用武之地，这里的人们又怎么能够热爱我们赖以生存的音乐艺术。满腹的委屈和强烈的想回到家乡的愿望让我一时间情绪失控，我开始变得疯狂，无法控制。这让刚刚见到我们还没来得及问好的鼓手僵在那里，一时间满怀歉意不知如何是好。

“这是什么破地方？！我要回去！我要回去！！！你这个骗子！”失去了理智的我大声冲鼓手、吉他手喊着，说什么也要找一辆长途车打算原路返回。

“你们这两个大笨蛋……骗子……把我送回去……快点把我送

回去！”我挥舞着双手试图把正在接近我的吉他手推开老远，开始摔我身上背着的行李。

我的行为引来了一大片看热闹的摩托车（后来才知道淡水有很多这样功能类似北京的三轮车的摩的，是用来载人的）。折腾了好一会儿，见没有任何改变现状的可能，我绝望地坐在肮脏的马路牙子上大哭了起来。我的男友吉他手尴尬得不知如何是好，不住地对鼓手说着：“你瞧，她就是太累了，她不是冲着你，真的不是冲着你。”

“我知道，我知道！这还用你说！咱们得想办法让她冷静下来。”鼓手看了看周围聚集了越来越多看热闹的人群和摩托车又说：“要不人家以为咱俩拐卖妇女……”

“你说谁呢？！你才是妇女！我是乐手！”没等鼓手说完我已经冲他喊了起来，那声音尖厉到让人起鸡皮疙瘩。

“不是，不是，你当然不是妇女，我是！行了吧！”鼓手见状马上过来捂我的嘴，边用尽各种办法来让我安静下来，“小小伙子，咱先回住地好不好？有什么事明天再说嘛。”

吉他手有点扛不住了：“这么多人看着，你也好意思。”

我的火又上来了，声音却降了下去：“你是个骗子！我要回去！”

“你有点过了啊！”最听不了我说他骗子，吉他手涨红了脸就要发作，被鼓手一把拽住：“咳！咳！咳！她刚好你又来劲！她毕竟是女……小伙子吗！”鼓手话到嘴边又改了口的样子让我忽然觉得好笑：“我才不是小伙子！”说完我发现折腾了半天的我已经不那么生气了，也许是太累了吧。

“你不是小伙子，我是，我是行了吧！姑奶奶，咱们先回驻地吧，好不？明天你要还想走，我就去送你走，好不好？”鼓手把“我”字说得格外重。

看着我沉默不语，跟我一样累一样狼狈的吉他手开始慢慢整理被我弄乱了的行李，我忽然觉得心疼他，心也就软了下来，可嘴上还是说：“好吧！明天就明天，明天我还是要回去。”

鼓手见状马上高兴了起来：“走，咱赶紧回去，我请你们吃好东西！”边说边拿起最大的行李自顾自地往前走。男朋友吉他手没好气地捡起其他行李冲我喊：“走吧！”见我连一点反应也没有，就走过来强拉起我的手：“不许再闹了啊！走！”我使劲想甩开他的手却没成功，男朋友扑哧一下乐了：“想甩开我？你试试，门也没有！这一辈子你都别想！”

吉他手挑战似的紧紧牵着我的手，任凭我踢他踹他，然而我都无法挣脱。于是我被他一路牵着跟在鼓手后面到达了住的地方，手腕生疼，他也没少挨我踹……

这是一处简陋得有些过分的乐队歌手宿舍。靠两面墙各摆着四张上下床，每个空间都用厚帘子隔开，分成了八个窄小的空间。我被安排在了另外一间女生宿舍内同样窄小的格子里，吉他和鼓手就住在我的隔壁。南下的生活，就这样开始了。那与我的想象差得老远老远。

摄于沽源音乐节。

你悬挂在那里
向 过往行人
招摇着你的 明艳
而你只在夜晚渲染吗
当太阳升起的时候
为何 你便失去了色彩

——《霓虹灯》

日子一晃就过去了，我们到这个南方小城已经有一段时间了。

这里几乎是个三不管地带，黑社会猖獗，治安混乱，经常发生一些闻所未闻的抢劫或其他刑事案件。因此，小小的一个镇子居然有一支全副武装的防暴队,经常出没于大街小巷甚至是我们演出的夜总会。

有一次我们正在舞台上演出，突然就冲进来很多荷枪实弹全副武装的防暴队员，要我们停止演出。还没明白是怎么回事，歌厅里的一些穿着时尚暴露的年轻女孩就很有经验地躲进了舞台边上专供乐手们休息的一个小房间里，速度之快完全出乎我的意料，以至于令我们几个人完全进不去为止。后来我才知道，她们都是夜总会招来的陪酒小姐。

果然，没有来得及躲进去的女孩立刻被防暴队员押上了停在外面的囚车，而另外一些防暴队员则把目光投向了在舞台上背着琴傻站着的我们。其中一个看起来像头头的人问我们：“你们的暂住证呢？”

“在宿舍，要看我可以回去拿。”鼓手从鼓凳上直起身来说。

那个人看了看鼓手那将近一米九的个头说：“按规定暂住证是要带在身上的！你们怎么不带？是不是没有办？”

又转向我：“你拉的这叫什么？”

“贝斯，是弹，不是拉。”我有些僵硬地回答。

“哦，弹。哼哼，你们今天是拉……弹不了了，跟我们走一趟吧。”见我不是很讨好他，那个队长模样的人有些恼怒，马上说出了令我们所有人都着急的话。

吉他手见状马上挡在我面前，用尽可能礼貌的语气说：“啊……老板，你瞧我们是乐手，没犯法，您搞错了吧？！”

“别叫我老板！你们有没有事那要回去再说！叫你们老板到我们那领人吧！”那个队长模样的人用一口生硬的夹杂着客家腔的普通话对旁边穿黑色西服的领班说，不由分说把我们四个人推上了本就拥挤不堪的警车，一路到了派出所。

一下车我们就被分别赶进了关押男女犯罪嫌疑人的冒着恶臭的房间。我进的房间已经拥挤不堪了，除了有几个看起来显然是犯了事的渔妇模样的人之外，都是些个浓妆艳抹满不在乎显然也是刚刚关进来不久的小姐们，见我也被关进来居然嘻嘻哈哈地叫了起来。

一个年纪看起来很轻的女孩嘴里叼着烟走到我跟前，冲我吐了口烟圈，又从上到下打量了我问：“嘿！你不是那个弹琴的吗？”

我没有回答，看了她一眼，下意识地把脸扭向了别处，并极力控制着自己身体那不住的颤抖，心里祈祷着赶紧有人来救我出去。

那个女孩居然笑了起来：“快来看那，她真的是那个弹琴的！”经她这么一嚷，一大堆女孩呼啦一下围了上来，七嘴八舌地哄闹起来。看她们那兴奋劲儿完全不像在派出所里，倒像是遇到了什么开心事。而我却发现自己的身体抖得更厉害，脸也开始发烫，糟糕的是这一切显然被这个不屑一顾的女孩看在了眼里。我的脑子里瞬间出现了一幕幕女监牢里种种暴行的电影镜头，心情紧张到了极点。

女孩慢慢向我靠近，直到她的鼻子几乎贴到了我的脸上，从她嘴里呼出的夹杂着酒烟的味道令人作呕。“怕什么？小美眉，我又不是男人，你怕什么？有没有搞错啊？（这是那个时候在那个环境里听到最多的一句话）”女孩说完这句话又咯咯笑了起来，边笑边说：“她的男朋友很靓啊，现在都顾不了她了。

湖南卫视《奇舞飞扬》现场，担任评委。

其他女孩也附和着跟她一起笑。我知道她的年纪决不比我大多少，只是这个女孩也许有太多的经历使她显得风尘味十足。她在这一群人里一定是个头什么的，否则那些女孩也不会那样附和她。她转过脸来继续看着我的脸，好像这样就能从我的脸上找到她想要的答案似的，好一会儿又咯咯地笑了起来："我看不出来你有十几岁……不过，你不怎么化妆啊？"

另一个女孩："她不化妆啊，她还很白呢！""是啊！""是啊！"其他女孩附和着。

那个女孩又开始盯着我看，直看得我浑身发毛。"你怕什么吗？我又不会吃了你！"说着，她又开始笑，我知道她一定是喝多了。

"你们不要说话了啦，她还有点不好意思呢！"抽烟的女孩冲那一群女孩喊，等她们声音小了些，就又转向我说："我要是也像你一样会弹琴，我就不会干这个了……男人，没有一个好东西！"女孩的话狠，声音却很平静。其他女孩不再出声，这个叼着烟的女孩在我的眼前轻轻捋了捋头发说："等着啊，我叫警察，看能不能把你放出去。"然后径直穿过人群朝铁栅栏那边走去，边走边回头说："不过，要是能出去你得记着我，下次要是我去找你……你可不许装作不认识我啊！"说完冲着外面喊："警察叔叔！警察叔叔！"

马上就有一个警察跑了过来："怎么回事？"

看到是那个女孩在叫，警察似乎放下了心，说："又是你！你又怎么了？"

女孩说："你们干吗把她关进来？她又不是做小姐的。"

警察说："还用你说这个，我们是干什么的？你安静一点待着啊！

别再喊了！”说完就要走。

“嗨！你放了她啊！她有心脏病。”女孩说。

“嗯？心脏病？你不要胡说啦！”警察有些犹豫。

“没有胡说啊！你不信问她自己！刚才她浑身发抖，你是不是有心脏病？”女孩迅速穿过人群，轻轻捏了我一把，然后把我拽到警察面前，“你问她自己！”

警察问：“你不舒服？”

我说：“嗯……嗯！”

“你最好别骗我！”警察冲我说完打开铁栅栏上的门锁一把把我拽了出来，“你走吧！”然后赶紧锁上了铁栅栏门。

“那么快干吗？我又不会跑掉了啦！”女孩边说边冲我挤眼睛，“有没有烟那？”女孩问警察，我则像个逃犯一样拼了命地跑出了派出所的大门。

后来我再也没见过那个女孩，只知道她是那些小姐的头儿，被称作“妈咪”。几年前，她被她那个只知道钱的男友骗到广东做了小姐，后来因为故意伤害罪进了监狱，被伤害的对象就是骗她来广东的那个男人。

据说，像她那样的女孩在广东有很多。这算是我在广东的一次极特殊的经历吧。

怎样面对　在我打碎了
一千次　清梦的时刻
我该向你　竖起中指
还是应该　微笑着鄙视
清晨　在雨后布满泥泞的
路岔间　我仍然可以
轻易　察觉到
你极力遮掩着的　恐慌
匍匐而来的　一具空壳
我该怎样　赦免你

——《我该怎样》

从派出所出来也顾不上其他，我径直叫了一辆摩的去找酒店老板，告诉他，我们的乐手们还被关在里面，要老板救他们出来。

在那样一个小地方要找老板并没费多大劲，在酒店旁边的大排档里我找到了老板还有那位穿西服的夜总会领班。没过多久我又回到了派出所,不同的是身边多了带着赎金的酒店老板和几名酒店工作人员。跟警察交涉了没多久，老板就去交罚金办手续，然后我们被带到了关押男犯罪嫌疑人的铁门前。

关押男犯嫌疑人的地方显然要比关押女犯嫌疑人的地方森严得多，几乎是封死的铁门上只有砖头大小的窗户。我们到的时候，正有人在那里向外张望，那正是我们的吉他手。事后他说，看到我的那一瞬间他就像翻身农奴见到毛主席一样激动。

许多年以后，当我还是在类似这样一个地方，在一个比这稍大一些的窗口面对同样激动的他时，已经是在北京顺义的一个强制戒毒所的会见室里了。那是我用我所有的积蓄和从高旗那里借来的几千元钱垫付了他的强制戒毒费之后警察给我的唯一一次见他的机会。之后我结束了和他 13 年的恋情，而他在不到一个月的时间里就闪电般做了别人的丈夫。我真心地祝福了他，这是几年以后发生的事。

自从有了上一次的事件，我们每天都会把暂住证装在口袋里，如果是大白天你没带暂住证，警察也很有可能把你带走，另一个乐队的鼓手就曾有过这样的遭遇。

在那样一个正在开发的小渔村，枪战这种只有在电影里见过的事居然时有发生。有一天傍晚，我们在夜总会排完练正打算回宿舍吃饭，就听见不远处的街上传来乒乒乓乓的声音，起初我们还以为是谁家在放鞭炮，可没过多久就看到一些神色慌张、满身血迹的人跑过我们身边。一问才知道前面路口发生了枪战，有人被打伤在一辆轿车里。为了安全起见我们只好回到酒店等防暴队和警车的出现，而这次他们却没有那么快到来。

后来才知道，淡水因为有着很复杂的地理位置，所以走私贩毒等不法买卖十分猖獗，社会治安也异常混乱。常常听那些比我们早来的乐手们谈论，哪个老板是香港黑社会的，哪个老板又是在香港犯了案被通缉之后躲到这里来的等等，真假难辨。

这以后，我对那些防暴队的警察有了新的认识。他们在那么大的压力下工作着，有时还会有生命危险，偶尔有一些不好的态度也是可以理解的了。

行将枯萎
这周遭满目喧嚣
腐朽的皮囊啊 你
在白日里继续腐朽

那没有魂魄的世界
怎会有光明驻足

在沉默中笑傲
我的境界
怎一个清字了得

——《我的境界》

在淡水的日子里，我们每天晚上演出，白天几乎就没有任何事情可做。因此所有人几乎养成了晚睡晚起的习惯，宵夜也成了另一种习惯。演出之后，每个乐队和歌手大都会汇集到一个大家常去的地方吃宵夜，并一起喝酒聊天到天明，然后才回宿舍休息。

而我总是不能习惯这种颠倒黑白的作息时间，便很快消瘦了下去，从原来的 108 斤瘦到 92 斤重。而乐队的其他成员却很适应这样的夜生活，在这样一种状态下他们依然生活得很开心，并且跟广东本地的乐手学会了一些不良的嗜好。从此，我们的生活慢慢陷入了一种怪圈。

1993 年底，我们已经在淡水那个小地方待了有三年了。广东的冬天是潮冷的，适应了北方干燥气候的我对于这样的潮冷更加无法忍受。挂在简易塑料衣柜里的衣服潮得好像能拧出水来，我从家乡带来的唯一一件皮衣都长了白毛。在这样的日子里，所有人似乎都变得神经麻木而不好动，有时候整天都会待在自己的床上盖着棉被看租来的录像带。发现乐手们有些不对劲，就是在这样的一种状态下。

鼓手从前开朗爱动，可是那几个月却很少走出自己的房间。他白日里萎靡不振，到了晚上演出的时候却变得精神百倍，情绪高涨，和白天形成明显的对比。而从前那个稳当健谈而具亲和力的人不见了，取而代之的是一个易怒离群、反复无常的人。我不知道他为什么变成了这样，只是觉得一定是有什么地方不对了。

又过了些日子，鼓手变得更加奇怪，经常把自己关在房间里插上门不让任何人进去。从他的房间门缝里经常飘出烟来，还带着奇怪的味道。他的眼圈越来越黑，脸色却变得灰白，人在几个月之内瘦成了皮包骨。我以为他得了什么怪病，每天催促他去医院，可他总是摇头说：“不是得病，比那更严重。”

有一天，厨师为我们做了很多好吃的饭菜，关在房间里好几个小时的鼓手破天荒兴高采烈地加入我们的行列，却怎么都不肯喝我们倒给他的啤酒。这个近似酒鬼的家伙忽然之间滴酒不沾，这让所有人都感到奇怪。我心里隐约觉得，有什么不好的事情要发生了。果然，吃了饭还不到半个小时，鼓手就开始蹲在马桶边上呕吐，直到把刚才吃下去的饭菜全部吐光为止。从这以后的几天，他已经无法进食，只要吃了饭不到半个小时就会把所有东西都吐光，而维持他脆弱生命的营养只剩矿泉水了。到了这个时候，鼓手不得不告诉我们，他染上了很严重的毒瘾，如果不戒毒可能生命就有危险了。

一时间所有人都懵了，从没有见过这阵势的我立刻没了主意。看着鼓手消瘦如骷髅般的身躯，我知道再这样下去真要出人命了，便问鼓手怎么样才能帮助他戒掉毒瘾，鼓手沉默许久说：“断了毒源就可以戒掉。”

于是在那年的年底，我不顾所有人的反对，毅然决定和乐队一起回到蒙古草原。接下来的日子好过了许多，我们收拾了所有行囊做好了出发的准备。为了让旅途变得不那么漫长，我们选择了坐飞机。那时候还没有深圳直达内蒙的航班，所以我们只能在北京转机。下了飞机没多久，鼓手的毒瘾就发作了。于是我们不得不暂时留在北京，让鼓手找到解药，好让他不再那么痛苦。

就在我们来到车站前的一个小旅馆住下的时候，我发现了一个更加可怕更加令我无法接受的事实。我发现我的男友吉他手和键盘手同样是瘾君子，只是吉他手的状况远没有鼓手那么严重。

这个事实几乎让我崩溃。我对于毒品一无所知，居然没有发现一直以憨厚著称的男友吸毒已经有三个月的时间了。这个时候我才想起他和键盘手平时许多反常的地方，只不过我不能相信，一个诚实、善良、憨厚的人会变成一个令人厌恶的满嘴谎言的瘾君子而已。我无法想象，那个时候我是怎样用我瘦弱的身躯扛住了那些个不堪回首的日子，并且坚强地把三个被毒瘾缠身、脾气变得异常古怪暴躁的大男人带回了家乡。

音乐梦

藏在记忆里的
那段旋律
总会在午夜时分
自心底涌出

而藏在扉页中的
那道道谜题
只有让时光
为我一一解答

此刻的我
究竟有多么快乐
昂起头
一片蓝天
满腔赤诚

——《一片蓝天，满腔赤诚》

安顿好他们之后，我只身回到了魂牵梦萦的锡林郭勒草原，回到了日夜思念我的父母姐妹身边。草原的冬天出奇的寒冷，而我的心里却是暖的。不只因为在无限关爱的家人身边，还因为我得到了乐队其他三人成功戒毒的消息。这个时候的我内心有一种强烈的愿望，就是去北京实现我们长久以来的音乐梦想，可我不知道这样的梦想在这样一个非常时期是否能够实现。虽然他们成功地戒掉了毒瘾，可在北京那样一个陌生城市想要生存下去也并非是件简单的事，我迟迟拿不定主意。

春节后的一天，我正在锡林郭勒草原温暖的家里练琴，突然听到一阵欢快的敲门声。我打开门，眼前却是吉他手和鼓手。他们虽然风尘仆仆却充满活力地站在我面前，我的快乐在那一瞬间忽然变得清晰无比。他们脸上灿烂的笑容和健康的体魄告诉我，他们又恢复了健康，这意味着我们又可以并肩作战了，这意味着我们又可以同甘苦共患难了，这意味着我们可以共同去实现我们的音乐梦想了。

他们是坐了一夜的长途汽车从呼和浩特赶来锡盟的，这样做只为了给我一个惊喜。用鼓手的话说："是你为我们大家选择了正确的路，回到家乡，远离诱惑。所以在我们重新找回自己的时候，第一个感受到的人应该是你，所以我们来了！"我知道我自己并不像他们说的那样伟大，但我知道，在他们有危险或者被围困的时候我从没有退缩过。

我的家人以出乎意料的热情接待了他们，我发现我的父母很喜欢这个高大英俊的男孩作为我的男朋友，这让我长久悬着的一颗心终于放了下来。

我的父母亲从来都不知道我们这些年在外面闯荡所经历的种种

苦，因为我总是报喜不报忧。所以父母亲总以为我在外面有着这两个大小伙子的照应一定是妥妥帖帖没遇到什么挫折的。这次他们来到了锡林郭勒草原，哪有不热情招待的理呢？当下家里人开始熬奶茶，煮羊肉，炸果子，烙馅饼，很是热闹。我知道我纯朴的家人把他们当作了功臣。

风雨漂泊

像鲜花那样绽放
即使在寒冬
面对凄厉的冷风
我们　追不回
昨日的骄阳
却可以在今天
筑起温暖的巢穴
即使这巢穴
终将成为
明日的废墟

——《温暖的巢穴》

我们在锡林郭勒草原的日子快乐极了，虽然是冬天，好友还是找到了能够带我们深入草原的越野车。一望无边的绿色草原在这个季节已经被茫茫白雪完全覆盖，点缀在洁白草原上的独树此刻挂满冰凌，成了这白色世界中唯一一点略带土黄色的生命痕迹。一时间耀眼的白色似乎要刺伤每个人的眼睛，于是大家索性躺在雪地上，闭起眼睛，静听这茫茫原野上能够传来的大自然的声音和夹杂在其中的牧人的歌声。

除此之外四周静谧极了，偶尔，从远处传来一两声鸟儿的鸣叫似乎在提醒我们人类世界的遥远……我们没能找到那个歌唱着的牧人，而我却找到了在我心中长久以来模糊着如今却变得清晰无比的梦想。

“我们去北京吧！”我说。

“就等你这句话呢，我们早就准备好了！”看着吉他手和鼓手胸有成竹的样子，我知道我们这一次又想到了一块。

1994年初，乐队一行四人终于来到了北京这个可以实现理想的大城市。

冬天的北京城空气干燥而又混浊，我的卷曲长发在布满了尘土的寒风中凌乱地飞舞着，仿佛在抗议着我们即将要开始的未知生活。火车站里拥挤混乱的人群和长安街上的井然有序形成了令人惊讶的鲜明对比，道路两旁华丽而又充满商机的高楼大厦更加衬托出了初来乍到的我们那未知的苍凉感——尽管那个时候每个人的心中都有着必胜的信念。在以后的日子里，那种必胜的自信融入了太多未知的苍凉感和生活的窘迫，而这种状态一直存在于我那段时期的生活里。

同来的还有乐队的其他三名成员。我们在北京没有太多熟人，一些搞音乐的同学和朋友们也都同样生活在“水深火热”之中，显然也帮不了我们什么忙。于是我们就在崇文门附近找了一家便宜的旅馆先住下来了，这还是下了火车之后一个面的司机帮我们找的，他显然看出我们初来乍到，对北京两眼一摸黑，于是自告奋勇帮我们找到了这家旅馆。为此他得到了 30 元钱的车费外带一包香烟，尽管从北京站到崇文门并没有多远，几个人还是很真诚地感谢了他。

那是一家虽然简陋却还比较干净的旅馆，每个房间有三张床、一个带抽屉的小桌子、一个脸盆架和一个铁皮花脸盆，除此之外还有一个带印花的镜子和铁皮的痰盂。卫生间在走廊的另一边，洗澡则要等到晚上六点以后卫生间旁边的公共洗澡间开放时才可以。就这样，我们在北京扎下了，为了共同的理想，为了梦想中的音乐事业。尽管前途渺茫，每个人的心情还是愉快的，因为每个人心中只有想象中精彩的未来，只有一个全新而又充满挑战的新生活。

1994 年，和杨坤坐同一趟火车来到北京。2000 年，他来参加我在北京举行的演唱会。

黑暗中　你看不见
我潮湿的眼眶
都爱　夜晚
吐露芬芳的　花蕊
只那芬芳　便已足够
谁还去关心　它的样子
花的形状　易碎的芯
我们只管　笑吧
笑世俗千年不变的　规则
笑沧桑人世重复着的　对白
笑风花雪夜逃不过　一夕
笑终将走不出的　世态炎凉

——《夜的芬芳》

那个时候，我还不知道我们将要在北京经历什么样的艰难困苦，也不知道我们住的那间不屑于启齿的、满以为是初来乍到不得已而为住的最简陋的旅馆跟今后所住的地方比起来实在算不得简陋和朴素甚至有些奢侈。之后的我住过见不到天日的地下室，住过部队跑风漏气的简易房，还住过仓库大院里没有暖气的小平房。最初的那间旅馆至少有暖气，至少有热水，至少可以看得到阳光，至少不透风，至少还是个房间……那是1994年初。

之后的日子里，我们一直在为找到一家可以雇我们的歌厅或酒吧而整天背着琴走街串巷，直到再也住不起旅馆，直到吃不起方便面，直到兜里连打电话的钱都凑不齐，直到拖着行李坐在马路牙子上等待情况比我们稍好点的同伴来救助为止。

开着灰色小面包车出现在面前的朋友图图身材并不高大，但此时在我们眼中却变得既高大又神气，甚至被当成了英雄……随即我们四个人被接到了他在八里庄租住的、拥有一个卧室一间小客厅的家里。在我们四个除了肩上的琴就几乎一无所有的人眼中，他家简直像天堂一样美好。除了洗衣机，房间里居然还摆放着粉红色质地良好的组合家具和一台彩色电视机。这是那个时候的我连想都不敢想的。

那一晚，朋友用成筐的燕京啤酒和烩菜招待了我们，而我们对好友用编曲机制作的音乐羡慕得赞不绝口。那个时候我还是第一次见到编曲机，现在很少有人再用编曲机了，大家都用电脑和良好的声卡来作音乐。

不知从什么时候开始，男孩子们手中传递起朋友自制的烟卷，我想那里边一定有一些奇妙的东西（后来才知道那里边果真有少量的大麻），因为尝过烟卷的人们过了不多会儿就开始一个劲地傻笑，看得我后背直冒冷气。吉他手拿着一个里面有钱币的水晶球，几个小时不抬头地研究它的开关在哪里；鼓手一直笑吉他手傻乎乎的执着的样子；键盘手则反复听着卡带里的一首歌摇头叹息，点头，再摇头……

就这样，我们在朋友家度过了喧闹的一夜，到天蒙蒙亮时才横七竖八地倒在地毯上睡着了。我因为是女孩被优待到了沙发上，并且还有一条毯子可以驱寒。就这样我们来北京闯天下的好日子走到了头，随后开始了令所有人始料不及的艰难日子。

初到北京（3）

你说在地平线的那一边
才有你想要的绚烂世界
你说在遥远的
地球另一面
才有你想要找寻的梦想
母亲流泪的面孔
父亲无语的叹息
没有令你改变
那一年深秋你踏上的
遥远旅程　从此天各一方
而如今
置身于繁华锦翠
如梦幻般妖娆的
他乡土地上的你　却说
在你梦里潺潺流过的
是家乡的小河
在你梦里微笑着走来的
是亲人的面孔
站在家乡一望无边的草原上
头顶白云朵朵的蓝天
才是你最真切的幸福

你说如今的你
最想念的是
家乡质朴的毡房牧场
父亲亲手堆砌的牛粪垛
和母亲熬的
泛着奶香的　茶

——《泛着奶香的茶》

第二天，我和吉他手开始继续寻找可以让我们暂时栖身又不至于马上就付很多房租的地方，结果还是没有任何着落。傍晚，饿了一整天、只在街上吃了一个煎饼的我终于熬不住了，也因为走了太多的路，着了太多的冷风，我的胃开始疯狂痉挛。看着我脸色苍白，大冬天却直冒冷汗。吉他手心疼得差点落泪，不由分说把我拉到附近一家小饭馆坐下，故作轻松地对我说："嘿！你在这坐一会儿，暖和暖和，我去给你找杯热东西喝。"

我一把把他拉住："别去了，我没事，暖和一会儿就好了，再说我们哪有钱啊……"

"谁说没有，你等着我！"吉他手不由我多说甩开我便走了。

我只好趴在桌子上希望我的胃快点好。我不想在这样的时候生病，也生不起病。过了没多久吉他手回来了，手里居然端着两杯热气腾腾的饮料和一碗面。他把热茶水和面条递给我，自己却端起白开水边喝边对我说："你是因为饿了，再加上着凉才胃疼。赶紧喝点热茶，把面吃了，你的胃就不疼了。"

我看着那一碗面却不敢动一下，警惕地问他："你从哪儿弄的钱？"吭哧了半天，吉他手低声说："昨天我把效果器抵押给同行了，反正我们现在也用不着……"

"你……"我说不下去了，使劲儿咽着唾沫怕自己的眼泪掉下来。

那个效果器是吉他手在南方的歌厅干了好几个月才买回来的，平时就连别人动一下他都不乐意，是像他眼睛一样心爱的东西。可如今却为生活所迫，200元钱就抵押给了别人。那天，我含着泪吃了一小碗面，剩下的一大半在我的威逼坚持下，吉他手不得不吞了进去。我的胃疼真的就好了。

第三天，我们通过部队的朋友在部队办事处的院子里找了两间堆放杂物的简易房暂时住了进去，每个月 200 元钱的房租是我们当时能够承受的极限了。就这样，在那两个四处透风的房间里，我们四个年轻人依然在坚持着自己渺茫的摇滚梦。

1994 年，在骑士乐队的宣传照。

第一次有自己的歌

非要经过岁月的漂洗
才肯知生命的顽强
非要经历痛苦的抉择
才肯知生活
竟是如此美妙
我要微笑
即使皱纹
爬上我的脸庞
即使生活的道路
依然艰辛
我也决不放弃
每一次舒心的微笑

——《我要微笑》

部队招待所里住了很多来北京办事的各地军人，看到我们一帮摇滚青年整天出入那个小院儿很是奇怪。军人们有的时候也会同我们几个人聊聊天，听我或是吉他手弹着木吉他唱自己创作的歌曲，就这样和几个跟军人工作毫无关系的年轻人一起渡过下午的时光。我们整天无所事事，除了练琴基本没有活干，每个人的紧迫感越来越严重，都无法说清下一步该怎么办，要是一直这么下去，我们的生活都成了问题。排练似乎成了一件遥不可及的事，因为找不到干活的地方就不会有免费的排练场用，而付费的排练场我们连想都不敢想。

小院里传来的练琴声听起来就像弹棉被，因为没有扩音设备我们只能弹着不插电的电吉他、电贝斯，日子久了，练琴的兴趣也减弱不少。

一天，小院里来了一位做音乐的朋友。他听了我随意演唱的几首原创歌曲很是惊讶，问我这么好听的歌为什么不录成小样拿给唱片公司听？在他的鼓励之下，我真的那么做了。之后的一天，吉他手收到了录音的通知，我的《蒙古骑士》被选中要收录在非主流音乐《摇滚火》的专辑里！虽然只有一首歌却足以让几个人像打了鸡血一样兴奋了……通过马歌塔乐（他原来是面孔乐队的鼓手，后来是奶酪乐队的主唱）我们找到了免费的排练场，是农业学院的一个教室。尽管设备简陋，大家还是痛痛快快地排了一下午，从排练场出来的时候每个人似乎已经脱胎换骨，往日脸上郁闷的神情不见了，取而代之的是一种满怀信心的积极状态。

《蒙古骑士》这首歌，就这样被收录在《摇滚火》的专辑里，尽管这一张专辑有十个乐队的十首歌，但足以给我们这个默默无闻的乐队继续往前走的信心了。

拿到录音费的那天，几个人去了新疆村的维吾尔族饭馆，叫了好几盘被鼓手整天挂在嘴上的一道菜——炒烤肉，狠狠地过了一下嘴瘾，也不管店家几个维吾尔族小伙子使劲忍着的笑……

那是我第一次吃了那么多的肉，觉得香极了，而在以前，我基本是一个不怎么爱吃肉的人。我真是体会到了母亲经常说妹妹的那句话，饿她几顿她什么都吃了（小时候妹妹极爱挑食，每到吃饭时，全家人都要费很大的劲想尽办法让我亲爱的妹妹吃一口饭，母亲常常捧着饭碗追着小妹妹给她喂食）。

1994 年北京，在骑士乐队的宣传照。

1994 年北京，在骑士乐队的宣传照。

轻轻捂住　你
急于出口的誓言
那未曾出口的
才最是珍贵
余下的　便可
任时光评判

——《将心，放归旷野》

1996年初，我们跟一家娱乐公司签了约，随即搬到公司所在的一处训练基地，一个大仓库的两排小平房里。至此，我们有了自己的排练场和宿舍，我的创作生涯也就是从那里开始的。

搬进这个小院的时候，两排新建的平房还没有完全干透，潮湿的墙面渗出的潮气使得被褥整天湿乎乎的。于是每天早晨起来，所有人就得把潮湿的被褥晒在小院的木栅栏上，等到天黑前再收回去。

夏天到来的时候，小院里成了苍蝇和蚊子的游乐场。成群结队的蚊子总在太阳落山之后从四面八方涌来，让所有人避之不及。有一种黑色带白色小斑点的蚊子是我们大家最恨的一种，因为这种蚊子根本不怕人，总是直接就冲你飞过来，叮在每一寸你胆敢裸露的肌肤上并且立刻就能叮出一个巨大的包，好几天都下不去。于是大家每天晚上睡前都要点大量蚊香，蚊子没死人却快被熏倒了。琢磨着被蚊香熏死总比被蚊子叮死要好受许多，所以每个人尽管被熏得晕乎乎的，却依然坚持着。

院子里有一条狗叫大黄，是仓库下夜老人王大爷养的狗。王大爷住在离我们不远的另一处小平房里，有时王大娘也会做几个拿手菜请乐队的小伙子们去喝一杯。大黄在我们住进小院的一年后产下了九只小狗，于是整个仓库大院成了动物的天地。经常，洗过的衣物晾在外面不久就失去了踪影。起初大家以为这个仓库院里进来了小偷，还纳闷这小偷比我们还穷，连换洗衣物都偷。直到后来王大爷拿着被小狗们咬得七零八落的衣物还给我们时，才知道那都是小狗惹的祸，它们把风中摇摆着的衣物当成了玩具或者是猎物。

小院里的动物还不止这些。有一次鼓手正在洗澡，其他人在院子里边晒太阳边聊天，突然听见洗澡间里传出一声惨叫，随后就没了动静。一帮人也不知道发生了什么事情，急忙狂敲洗澡间的门，却半天没动静。

吉他手正琢磨着破门而入，就看见门自己打开了，鼓手只用一条浴巾围着下身，脸色惨白地站在那里，说了一个字就足以让所有人震惊了："蛇！"他说，他的话音没落我已经蹿出了老远，我是那种虽未被蛇咬却连井绳都怕的人。

据说他正在洗澡，就看见一条很鲜艳的橙色带黑条纹的蛇从他的脚下爬过，在他惨叫之后那蛇就没了踪影。我们却谁也没看见，要不是之后的几天里大家确实在小院的其他地方见到了蛇，还以为鼓手产生幻觉了呢。后来经王大爷确认，我们才知道这仓库大院的库房里确实有很多蛇出没。

1996 年北漂期间，担任苍鹰乐队贝斯手。

我庆幸
那些日子
已经过去
且不会戳穿
那忠厚着的面具
你的谎言
于我何妨
你的良昧
属于你自己

——《面具》

后来，小院里住进来一个眉清目秀的江南女孩，她是公司给我们乐队指派的主唱。对于这个决定，大家说不上来是开心还是不开心，显然，公司签我们跟我们签公司的意愿是不同的。为了让这个女主唱尽快成为一名真正的乐队主唱，我们开始没日没夜地排练。一段时间后，大家沮丧地发现别说主唱，就连让她完整地唱一首歌都很让大家伤脑筋。这个来自江南的外表娇小白净漂亮的女孩，虽然有一副尚好的歌喉，却缺少最起码的节奏感，这让所有人都有一种被公司操纵了的感觉。

排练搁浅了，自尊心不同程度地受到伤害的人们忽然变得愤世嫉俗，小院成了啤酒和恶作剧的天下。整天睡到太阳快落山才起床的乐手们，起来之后就是去江南女孩的房间里厮混打闹，门口的啤酒瓶迅速垒起了一道绿色的酒瓶墙。

之后的日子有些怪异，除了我，白天大家都不起床，可到了太阳下山，起来的人们却又都变得鬼鬼祟祟，又好像在有意回避着我。似乎有什么事情单单不想让我知道吧，我心里有些别扭。我不知道发生了什么事，却又倔强地不问，也问不出个所以，就只好把所有的精力都用到练琴和写歌上。白天里小院又变得空空荡荡的，只有我的琴声回荡在排练场里，显得有些空落。

1996 年底，公司有了演出任务。那是一场在美国拉斯维加斯的演出，这一消息让所有人又回到了热火朝天的排练当中。那种莫名其妙的感觉似乎暂时不见了，大家又变得亲近，小院也变得热闹非凡，可我的内心却有一种不祥的预感。

1996 年 12 月 18 日这天，我们登上了飞往洛杉矶的航班。这一天是我的生日，可同伴们没有像往常那样向我祝贺，似乎谁都没有记住我的生日，这很不寻常。

到了洛杉矶，一个可怕的事实再也无法掩盖了，鼓手和吉他手不但复吸而且毒瘾比从前更为严重。在美国他们因为找不到毒品而变得整天萎靡不振，像两个游魂。我终于明白了，一向细心的吉他手，情绪为何会变得反复无常、不可理喻，这在以往的日子里从不曾发生。

从美国回来后，我们为了给舞蹈队腾地方搬出了那个小院，住进了村里的普通民房。

1997 年，我和乐队一起录制了我的第一张专辑，因为种种原因没能发行，公司也跟我们提前解除了合约。

迷茫

你在远处
向我招手
鲜红的玫瑰
总比赞美诗
更令人向往
睡梦中
喜极而泣
故事的结尾
却在晨曦中
被彻底遗忘
我们微笑着
迎来清晨的
第一缕阳光
我们叹息着
送走黑夜
即将谢幕的
晚宴

——《即将谢幕的晚宴》

跟公司解约之后成了自由人的我们，没有了排练场，也没有了相对稳定的住处。为了尽快找到一处可以挣钱的地方，好支撑所有人的吃住问题，吉他手和鼓手开始外出寻找我们所能够找到的各种关系。

断断续续中我们也会有一些零散的演出机会，可我们的生活还是陷入了前所未有的迷茫和不稳定状态。

1997 年，为了生活，鼓手带着对音乐梦想的失落离开了北京。而那年冬天的一个夜晚，吉他手失踪了。这太不寻常了，我使用了我所能使用的所有办法，但还是没能找到他的踪影。一夜之间，我在憔悴中变成了另外一个人。三天之后，有人打电话告诉我，吉他手已经被警察强制戒毒，给关在顺义的某戒毒所，需要家人尽快去交纳戒毒费。

听到这个消息，我的心反而平静了下来。没有他消息的这三天，我的整个人几乎都垮了，体重由 95 斤迅速减到了不足 88 斤。在这三天的每个夜晚，我都是在辗转反侧中挨到天亮的，也没有一次不是在绝望的哭泣中度过的。我的心中不断出现各种关于他的杂乱而又吓人的猜测，这些念头让我无法入睡，让我几近崩溃。在他失踪的第三天早晨，我强迫自己从床上爬起来煮了点粥，之后开始长久地跪在地上祈祷长生天，祈祷长生天让他活着，千万不要遇到不测。只要让他好好地活着，我将承受任何痛苦，忍受任何不幸。我就那么祈祷着，忘了时间，也暂时忘记了郁积在胸中的痛苦，甚至忘了我自己的安危。

听到了他的消息时，三天没怎么吃东西的我正跪在地上祈祷，由于长久地跪着，起来时一阵眩晕便一头栽倒在冰冷的水泥地上，不省人事。也不知过了多久，浑身湿透的我在冰冷的水泥地上醒来，发现自己出了一身冷汗，发髻里面的血已经凝固了。我知道自己一定是摔倒时碰破了头皮，在地上躺了很久的时间。也顾不得管我那摔破的头，我爬起来第一件事就是给另外一个乐队的主唱打电话，请求他能帮我找辆车并将我送到顺义，而我得尽快筹集到7000元钱来交他的戒毒费。

感谢朋友们给我提供的帮助，我在第二天下午到达了顺义某处戒毒所，及时交纳了戒毒费。在一个有警察把守着的小窗口，我见到了虽然穿着类似囚服、脸色却红润了许多的吉他手，我们无法说什么，但他眼里的泪水让我看到了他的内疚和悔改的决心。

一个月之后，他因为表现好被提前释放了，恢复了健康状态的吉他手似乎已经决定重新面对生活，每天除了练琴几乎不再想别的事情。我开始变得快乐起来，之后的一天我找到了在三里屯酒吧干活的机会，从此生活状况开始好转起来。

那旋律

似轻舞着的蝶

在朦胧中　飘出

午夜　茉莉花香正浓

——《午夜》

在酒吧驻场的日子是快乐的，至少我再不用担心交不起房租被房东赶出家门了。这一年在乐手圈里小有名气的我开始为一些地下乐队弹琴，那样的日子忙碌且又愉快。我们总是寻找很简陋而费用尽可能低的排练场排练，参加每个周末都会举办的地下乐队的群体演出。这样的演出，能拿到的费用少得可怜，而我和主唱方科、鼓手鹏飞总是会把所有的演出费全部留给吉他手李桐,因为他的生活比我们都艰难。

李桐是来自内蒙古的小伙子，为了自己的梦想，在北京的一处简陋的小民房里一待就是好几年，熟悉了那一地区的所有老鼠和野猫。这样说是因为他的房间经常被这些不速之客所占领。有一次夜里，正在熟睡的李桐听见房间里有一种奇怪的声音，像是一个年老的人在咳嗽。李桐当下睡意全无，跳起来打开了灯，结果发现那声音是从墙角里的一只病老鼠的嘴里发出来的。我很庆幸自己没有李桐那样悲惨的遭遇。

主唱方科却是中央美院原在校的学生，因为在一次期末考试上画了一对乳房而又拒不做检讨被学校开除。他的母亲是中国第一代女飞行员。那个时候，我们也不知道孩子气很重的方科早已有了一次婚姻和一个可爱的小女儿。方科显得很另类，就连弹琴都是用左手，跟一般人很不一样。我们常常笑话他不但弹琴是用左手，就连唱歌都是用左嗓子。在乐队四个人当中，作为主唱的方科的嗓音几乎是最差的，但他的音乐感觉还行。

鼓手鹏飞是跟我一起从内蒙来到北京的，他也是北京数一数二的力度鼓手，在那个时候他的技术和良好的乐感显得非常突出。当时的鹏飞也和李桐一样，住在郊区菜农租给他们的简易平房里，人们寻着

1997 年北漂时期，担任骑士乐队贝斯手。

震耳欲聋的鼓声就可以找到他的家。

鹏飞养过一只狗叫腻歪，鹏飞练鼓的时候，它就会安静地趴在低鼓前面的地毯上不动也不叫，像是很享受的样子，于是鹏飞经常会把它带到我们演出的地方。有一次，四个乐队一起演出，前三个乐队的风格都是很重的朋克音乐。在可以把屋顶都掀翻的音乐声中，只见腻歪趴在低鼓的前面小尾巴还一晃一晃的很是惬意。轮到第四支乐队上场的时候，腻歪的反应开始有些奇怪。那是一支流行摇滚风格的乐队。这可了不得，当他们的音乐一开始响起，腻歪就立刻从地上蹦了起来，冲着舞台上那支乐队狂吠，把现场所有人都给逗乐了。那以后我们知道，原来腻歪只喜欢朋克。

跟地下乐队的乐手们接触久了，才知道奋斗在北京的外地乐手是那样多，生活状况又是那样的窘迫。可你看不到他们脸上的焦躁，只看到他们对未来对音乐的希望。他们用幽默的态度来面对他们自己拥有的窘迫生活，常常把自己的经济危机当成笑料并不屑一顾。从没见过其他哪个穷困潦倒的群体有这样乐观的心态。在这样的状态下，毒品也跟他们无缘，因为他们没有最起码的经济能力去购买。

经常在网上看到有些人描写摇滚乐手的文章和小说，但多半他们并不了解真正的摇滚乐手是个什么样子，有着什么样的生活状态。他们只会远远地观察这些傲气和充满强烈个性的摇滚乐手们，并用他们自己的想象力把摇滚乐手们写成满嘴脏话、成天泡女人并且吸毒的下三滥。其实，投入音乐的人们常常是乐观向上的，他们思想极单纯，具有强烈同情心，是爱憎分明且头脑反应超出常人的群体。至于女孩子们，她们就是喜欢那些不修边幅留着长发的乐手们。所以，在为地下乐队弹琴的日子是简单快乐而又充实着的。

常常是，我们的乐队排练完了，另外一支乐队已经等在外面，于是地下乐队的乐手们常在一起交流音乐，一起探讨未来。也常有那样的情况，好几支乐队演出完，就那么待在立交桥下的烤羊肉摊边，喝两元钱的啤酒，吃五毛钱一串的羊肉串，到天蒙蒙亮再去街心公园跳蹦蹦床,直到管理人员把我们这群疯狂的大孩子们请出儿童游乐专区。

这样的日子在 1998 年的夏天戛然而止。

分手

若是在我回眸的瞬间
你恰好就站在太阳的光影里
而那温热的光芒将你的身形
如镜头般刻画在我岁月的记忆中
那我便可以相信　在前生
或许你是我至爱的盟友　也或许
我们只是茫茫草原上
对望着的两棵树
在光阴轮回的世界里
在风霜雪雨的日子里
天长日久的默默相视　却是无言

——《在我回眸的瞬间》

我的忙碌和吉他手的闲适形成了鲜明的对比。我每天累得筋疲力尽回到家中的时候，总会发现吉他手早已在云雾缭绕中痴迷。面对我的质问，他极力躲闪，否认自己再次吸毒的事实。见他白天疯狂练琴的样子，我再次信了他的话，以为他只是心里不很痛快所以才会这样，于是常常安慰他，给他鼓励，告诉他所有的状况都是暂时的，一切都会好起来。

那一年的夏天，北京出奇的热。中午的气温有时居然能达到四十摄氏度左右，烈日下的街道很少能看到行走着的人们，就连树荫下也见不到每天都会出现的扇着芭蕉扇乘凉的大爷大妈们了。我在这样的气温中依然继续着自己看似渺茫的音乐梦想。每天，我利用早晨气温相对低的时间练琴写歌，到了中午最热的时候就坐在风扇下一遍一遍地听那些我热爱的音乐，分析那些音乐的编曲和动机。除了音乐和演奏，我的生活几乎没有更多的内容，而这一切让我感到无比充实。

可吉他手的焦躁不安却越来越明显。终于，在一次排练之后我筋疲力尽地回到家里，却发现他再次不见了踪影。当他回来时，我发现他从前看得比他生命都重要的依般纳斯吉他不见了，原来他是拿去当了600元钱买毒品。

我彻底绝望了，觉得自己累了。我知道光靠我自己的力量已经没有办法拯救他，拯救一个自甘堕落失去最起码道德观念的人。我也厌倦了再去应付他的那些个讨债者，在这几年当中他借过的钱之多、借钱对象之杂令人瞠目——有烧锅炉的大爷、小卖部的阿姨更别说我们身边的亲朋好友了，他几乎以各种借口借了个遍。再也借不出钱的时候，他就将他最心爱的吉他也当掉了，那是我们为了自己的理想在南

杂志封面拍摄中。

方苦干了三年才拥有的琴啊！在我看来，不热爱自己琴的乐手就像不热爱自己枪的战士一样，这令我感到厌恶。

我告诉他，我要把他送去强制戒毒，如果他不肯就要回到内蒙古的家中戒毒，他说给他一次机会，他自己去一个无人的地方戒掉毒瘾再回来。虽然我不是很相信他的话，但看到他痛苦的样子心又软了下来。

第二天中午，我们迎着烈日赎回了他的琴，又给了他足够一个星期的生活费，让他去独自戒毒。不到两天，更加消瘦的他回来说他已经戒了毒，只是要一些钱交那些戒毒药的费用。我知道他再次骗了我，这三天他把所有的钱都拿去吸了毒，到钱用光了才回来的。

面对这样的人我不再想说什么，只是去为他买了张当天晚上回内蒙的火车票。他对我提出的唯一要求是，给他一些钱让他在火车上不至于毒瘾发作，我答应了。

送他上火车的时候，我没有掉一滴泪，而他哽咽着对我说："我真的很对不起你！等我好了一定会回来报答你，一定会加倍爱护你对你好。"默然听完了他的话，我只是凄凉地笑了笑，鼓励他好好戒毒，不要再次荒废了他的音乐事业。我知道那时他所说的话，只不过是过足毒瘾后舒服的表现罢了。

火车开走了，我一个人站在人群渐渐散去的站台上，再也无法忍住自己的眼泪。

一个月之后，在听到他成功戒毒的消息的同时，我也听到他要结婚的消息。面对我的质问，他沉默良久后对我说："你那么优秀，几乎什么都比我优秀。在你面前我是那么自卑，觉得自己弱不禁风……

你比我坚强，比我更像个男人，这让我无法正视自己，我不得不寻求另外的解脱方式……”

我们长达13年的恋情就这样结束了，我甚至没能哭出来，也许人在过分悲伤的时候反而无法哭泣。

之后的日子我开始用更加拼命的练琴、漫无目的的奔跑来让我的身体极度劳累，以此来化解我内心长久无法康复的痛，那时真希望把自己给累死算了。

很多年后，我和吉他手在一个蒙古酒吧偶遇，忽然发现我们早已淡忘了曾经对彼此的伤害，却只记住了那个年月的清纯质朴和对音乐理想的狂热追求，还有对方对自己的种种好。

他变成了一个爱喝酒的人，这让我很高兴，这个状况说明他已经远离毒品。他告诉我，他做“酒鬼”已经有九年之多（成功戒毒的标志是九年不再碰毒品），有过一次失败的婚姻，现在的爱人正是很合适他的那种温顺女孩。他依然在北京坚持着自己的音乐梦想，并且小有成绩。在那次见面之后我们虽然很少联系，却发现竖立在我们之间那道冷漠的墙壁已经轰然倒塌。现在，我和他会在各自生日的时候发去祝福短信，从不会忘记。我真心为他高兴，衷心祝愿他幸福健康！

新世纪

起风了

那风　带了冬的气息

催着梦　在晨曦中渐醒

你的呼吸是昨日的雨

滂沱着　深深卷入泥土

从此心　便似满地的绿草

在日光里微笑着生长

——《起风了》

1999年对我来说真是充满变数的一年。自从进驻了酒吧做乐手，我的基本生活问题解决了，我不再害怕因为交不起房租被房东赶出去。

我甚至喜欢上了喝咖啡，这个从前我不敢想的奢侈饮品。咖啡令我振奋，令我在音乐中更加放松自如。我不喜欢喝酒，更不喜欢借着酒劲做出什么壮举到了第二天却很后悔。可我却喜欢跟乐队的同伴们一起砸酒瓶，喜欢听酒瓶砸在墙上那种闷闷的爆破声。第一次听到林肯公园乐队的一首歌里有玻璃的碎裂声时，我真是兴奋不已，原来英雄所见略同。

我就是对声音有很特殊的感觉。记得有一次去医院做CT，医生告诉我躺在里面噪音很大，会让你很不舒服。可是我听着机器变换着节奏的各种噪音，脑子里却出现了很好的动机、很好的旋律，直到从机器上下来时还在哼哼。

旁边的医生很好奇，对我说："你们搞音乐的真是挺神奇的，我头一次见到有人听完了那些噪音还这么愉快地哼着歌。"在走出那个房间的时候，护士用尽可能小的声音对她的同伴说："这个人脑子有问题吧，做CT还唱歌。"我笑着回头对她说："我可是听见你说什么了啊，不过我今天心情很好不会生你的气，也希望你心情好！"小护士立刻尴尬得不知所措，站在那里偷偷乐了。

那一年的夏天，我接到了来自臧天朔的电话。

他说："你是斯琴格日乐吗？我希望你能来我的乐队试试，我正在找乐手。"

我当时的反应是有人跟我闹着玩，就笑了。我说："你说什么呢？你是谁？"

臧天朔说："我是著名歌手臧天朔。"说完他就笑了，接着又说："你等一下。"等了一会儿，我就听到了跟我在一起合作了多年的鼓手王鹏飞的声音。他说："你来试试吧，臧哥这里设备特好！"我说："你试了吗？"鹏飞说："臧哥决定用我了。"

所以我想这应该不是闹着玩儿的，就赶紧去了，带着我的黑色斯坦伯格无头琴（那还是从零点乐队的贝司手王笑东那里高价买来的一把用了多年的旧琴）。试完音，臧哥的助理张涛给了我很多张CD，要我回去好好听，接着臧哥请我和鼓手鹏飞、吉他手穆迪去吃饭。

臧哥带我们去的地方我已经忘记了，不过我记得那顿饭吃的是鱼翅。从未吃过鱼翅的我问臧哥这是什么，臧哥面无表情地回答说是粉丝。

临买单的时候，我发现那顿饭费贵得吓人，所以就对臧哥说："嗨！咱们还是按老规矩AA吧！"臧哥先是很吃惊地看着我，后来就笑了说："在我的乐队里没有AA制，都是我付钱。"顿了顿又说："在我这里干活乐队的性质不是你想象的那样，不是一个乐队性质的乐队，而是臧天朔乐队。"他把"臧天朔"三个字说得特别重。尽管当时他说这番话时我没怎么弄明白，但干练且有些专制、直截了当而又霸气十足的臧天朔给我留下了很深的印象。从此，我成了臧天朔乐队的专职贝斯手。

1999 年，担任臧天朔乐队贝斯手。

第一次在大庭广众下亮声

月　圆圆的
洒了一地的银光
不知道是谁
用喜悦打破了静谧
那隆隆的礼炮声
自不远处传来
是为了满月的欣喜
还是因为我的梦里
有欣喜的满月

——《满月》

参加了臧天朔乐队不到一个星期的时候，第一届喜力啤酒节开始了。我们从臧哥那里得知，我们在那天晚上有一个小时左右的演出时间，这让大家很是振奋。

和众多的国外知名乐队演出在我还是头一次，所以我开始拼命练琴，想在演出当晚表现得更好。我们的排练时间比往常增加了，臧哥开始要求我唱他的歌里那些有女声伴唱的部分。有一首歌叫《红艳艳》，里面有大段的女声伴唱都是运用了蒙族的唱法（自从加入了臧天朔乐队，我才发现他的歌远不止《朋友》一首，从专业的角度讲，他很多歌在编曲配器和旋律歌词上都比《朋友》更出色，只可惜我们的媒体从来都是只播你一首歌，这是自己在做了歌手之后才体会到的无奈）。从未用那样的声音唱歌的我居然没怎么练习就自然发出了响亮高亢的声音，这把所有的乐手和我自己都吓了一跳。可是大家发现臧哥比所有人更兴奋，他说他绝对发现了一个未来的明星，可我对此却没有更多概念。

那时候，我对自己的嗓音并没有多少自信，也无法体会到臧哥的心理。只是琢磨着我是个小小的乐手，偶尔有机会亮一亮嗓音就很开心了，哪里就能成了明星？那时我唯一的理想是做一名好贝斯手，而这样的想法到了签约正大的时候还是根深蒂固，以至于想不明白臧哥为什么非要我签唱片公司，甚至问他，是不是我的琴弹得不够好？臧哥说："你现在还不明白，以后你就会知道我的做法是对的。"

喜力啤酒节如期在日坛公园举行，我们的演出非常成功。下场的时候，满身大汗的臧哥拍了拍我的脑袋说："你看着吧，今晚肯定会有人问我从哪儿发现了你。"我有点不习惯，干嘛拍我的头，蒙古族习俗里只有长辈才可以拍你的头。看来在他眼里我还是个小孩子，他显然把我当小孩对待了。

果然，在之后的酒吧活动上，很多看了演出的人见到臧哥的第一句话就是："你们的演出太火了，你从哪儿找到了那么帅的女贝斯？"我对此表示非常怀疑，那天的我苍白着一张脸（那个时候还不知道在舞台上是必须要化妆的），只穿了一件再平常不过的棕色棉布连衣短裙，还赤着双脚，丝毫没有帅的痕迹。而臧哥的脸上满是自豪，一点也没有掩盖。他就是这样的一个人，喜怒哀乐几乎全都写在脸上，才不管你乐意不乐意。

在这之后，臧哥开始留意我的声音。有一次排练结束后，臧问我有没有自己写歌，我说家里有很多小样呢，都是自己弹着吉他唱的，很糙。他说没关系，给他个小样他可以听出感觉，让我在下次排练一定带来。我回家整理好了十几首歌的小样，带到了排练场。一开始，我见他没提也就没好意思拿出来，琢磨着他肯定早忘了这码事了，我还是等他提起来再说吧。

当我把琴和音箱连接好，正准备排练之前活动一下手指的时候，臧哥走到我身边对我说："你的小样带了吗，可别说你忘了。"我说带了，就把早已准备好的小样递给了臧哥，忐忑不安的心里希望他千万别在众多乐手面前听那些小样，我还不习惯处在众人的视线焦点里接受人们的品头论足。继续低头弹着琴，我希望其他乐手们根本没在意这件事（我来这个乐队时间并不很长，所以大多数时候都是埋头弹琴，从不参与其他乐手之间的谈话）。

可他还是当着大家的面，把我的小样放进了 CD 机里。当《雨街》

这首歌的前奏吉他部分响起时，我觉得自己浑身的血液都开始沸腾，有种想要蹦起来欢呼的冲动，可我当然没有那么做。我发现自己对自己的音乐还是非常自信的，不论在任何人面前。这个发现足以让自己振奋。

臧哥把音乐的声音调得很大，盖过了乱哄哄的练琴声，盖过了所有人的说话嬉笑声，就那么赤裸裸地把我的歌，曾被某个唱片公司的音乐总监批得体无完肤的歌放给了在场的所有专业人士们听。头一次觉得自己写的歌那么振奋人心，我当然自豪。臧哥兴奋之余说了句话："好啊！"那一刻我居然发现他的眼睛里有些潮湿……我看错了吗？我不太相信自己的眼睛。

这首歌就是第一张专辑里《故乡》的原型。后来我听从臧哥的建议把歌词改成了歌唱家乡的内容，他说这首歌的旋律一听就有草原的味道。而我的灵感却来自北京深秋一个雨后寒冷的街头。

初春的嫩草　怎能知晓

这世间　曾有的冬日

北回的鸟儿　依旧高歌着

南方　温暖的日出

初春　我的梦离你有多远

在跨越了冬季冰冻的河床

在焚烧了枯黄落叶那猥琐的飘零

在微风吹来的涨满春潮的讯息里

在冬与春交界的喜悦中

我的梦　究竟离你　有多远

——《我的梦离你有多远》

冬天到了，北京的冬天灰土土的不见一点绿色，我所在三里屯酒吧的生意倒空前火了起来。每天，我穿过那些喝得有些迷离的人群走上小小的舞台弹琴，每节演出结束时再从烂醉的人身边和浑浊的烟雾中走过，走到外面呼吸新鲜却是清冷的空气。有时，一些醉鬼成了我们乐手的负担，每一个人在演出后都会尽可能逃得离酒吧远远的。日复一日，这种单调的生活开始令我感到厌倦，千篇一律的流行歌演奏套路也让我烦躁到了极点。

酒吧里常出现一些让你哭笑不得的事。一次，因为歌手晚到，我被要求唱一首歌来填充时间。而我除了自己创作的歌，就只会唱由刘君利创作田震演唱的那首火遍了大江南北的《野花》，我非常喜欢这首歌。唱歌的时候，我发现有一个胖胖的、留着不伦不类长发的中年矮个子男人在离我很近的地方看着我，眼神近乎凶恶，直看得我头皮发麻。在舞台上大家你看看我，我看看你，却也不知道这是怎么一回事。

中场休息的时候，看着那个男人消失了，我才放心和乐手们一同走到外面休息，没想到那个矮胖男人又不知道从哪儿冒了出来。他直直朝我走过来，歌手李晓东以为他要闹事马上伸手挡住了他的去路问："哥们儿，你想干吗？"却没想到刚才还凶神恶煞的那个人转眼间满脸堆满了笑容，指着我对大家说："这女孩子刚才唱的歌是我写的，我是刘君利。"这回轮到大家惊奇了，我的脑子里迅速搜寻刘君利的形象，可怎么也不能跟眼前这个男人对上号。刘君利是有名的音乐人，贝斯手，虽不是很熟却也不至于认不出。

大家意识到眼前这个人不是脑子有问题就是骗子，于是琢磨着怎么对付他。他转过脸来对着我说："你唱得还可以，就是要好好学学贝斯。我可以教你，赶明儿你来崔健家找我，我每天都在他家练琴，我现在给他弹贝斯。”说完故作潇洒地甩了甩他那肮脏的长头发头也不回地走了，所有人愣了片刻后开始哈哈狂笑，李晓东笑得岔了气，说：“这是哪来的傻帽儿。”后来听说这人是个骗子，骗吃骗喝还差点骗了一些喜欢摇滚乐的女孩，这让刘君利着实很头疼，再后来这个人被警方抓获了。

酒吧里也常来一些做音乐的人们。有一次，我正在外面和乐手们等着下一节演出时，一个服务生跑出来告诉我有人在吧台边找我。那是何勇，见到我就问我为什么在这里弹琴，我甚至不知道该怎样回答他，于是反问自己为什么在这里弹琴，那当然是为了生活。何勇说：“你弹得很好，可是这里会把你良好的音乐感觉给毁掉。”那是我第一次见到何勇，也是至今为止的唯一一次。后来给高旗的超载乐队帮忙时，还看到过他们的现场录像带，何勇唱完歌后就那么把话筒使劲往后一扔，被吉他手准确地接到。那看起来很神奇，就像排练好的一样，但高旗指天发誓说那绝对不是排练好的。

很快我们的演出时间就到了，这之后不见了他的踪影。不过我真的在之后的几天内辞了酒吧的活儿，开始专心创作。后来道听途说何勇点着了自己家的房子，也不知道是真是假。唉，满怀理想的摇滚音乐人们啊！

云南之行，2009 年。

在凄冷的夜空中　只有月
静静地悬挂在天际　独自
明亮着冬去春来　独自
明亮着盛夏秋野
雨雪怎奈何　风霜怎奈何
千万年的陨伤星袭　又怎奈何
我自清高于　夜空之上
我自甘隐于　日光之背
我自孤傲于　千年之夜
我自垂怜于星移斗转之茫茫人海
我亦泰然于世世轮回大地变迁
月啊　唯有月　在凄冷的夜空中
独自悬挂在天际
独自悉数着古往今来

——《月》

头一次听到《山歌好比春江水》这首歌，是在老歌的录音棚。当时，是中央电视台南宁民歌节的总导演刘真先生希望臧哥能将这首老歌重新编曲演唱展示给全国喜爱民歌的观众朋友的。他的创意在当时属创举，即由臧哥这样一位重量级歌手演绎那样一首流传了许久的娟秀歌曲。臧哥觉得他对这首歌很有感觉，在编曲方面立刻就有了很好的动机，几乎是一挥而就。到了录音时，我和往常一样背着我的黑色无头琴跟鼓手鹏飞一起早早到了录音棚，边练琴边等着其他乐手和臧哥的到来。与往常一样晚到的臧哥一来，我们的录音工作就正式开始了。

在我录完我的贝斯部分后，臧哥忽然对我说："格日乐你进去，去把唱录了。"我一听有点不明白，就反问："是要我去录一遍唱吗？"臧说："是呀，是要你录唱。"我没敢多问，直接进了隔音室，正碰上从里面走出来的鼓手，于是小声对他说："臧哥要我录一遍唱是咋回事呢？"鼓手说："让你录你就录呗，可能是打底，最好别问那么多。"好吧，不问就不问，在这个团队里我和鼓手都是那种不爱说话，也不多事，只会埋头勤恳工作的人。

不到半个钟头，臧哥在外面示意我可以出来了，我跑到录音室问他："这样就行了吗？"他说："行了啊，你听听你唱的，太好听了。"我被他这么一说有点高兴，有点小小得意，安静地坐到了一边听着别人录其他乐器。听了一会儿，我又觉着自己唱得似乎也没臧哥说的那么好，不过已经被他肯定，心里想还是老实待着别多嘴了。吃过晚饭，所有的乐器部分都完成了录音，臧哥对老歌说现在可以缩混了。我知道我的工作已经完成，准备收拾东西离开（老歌的录音棚在七棵树附近非常偏僻，晚了会打不到车）。

这个时候，我却听到控制室里一遍一遍地播放着我的声音，臧哥一会儿对老歌说这个地方要加点这个，老歌就停下播放在电脑上操作，一会儿又说那个地方要加点那个，就这么在我的声音上做着文章，控制室里我的歌声一会儿停止，一会儿又开始。

在控制室外面的我再也坐不住了，跑进去问臧哥："这是要用我的唱吗？"臧哥呵呵笑着说："当然要用啊，不然要你录干吗？"我一听就急了，说："那我再进去录几遍吧，我能唱得更好些，刚才我还以为只是要我录小样打个底好让乐队录音呢，没怎么上心。"臧哥说："不用录，这样才最真实最自然，有时太过刻意反而不好。"我说："臧哥，你真的要我和你一起在南宁民歌节上唱这首歌吗？要是导演不喜欢怎么办？他是要你自己唱的，你就这么加了我……"他特不耐烦地说："这你就别操心了，好东西谁都会喜欢。"

缩混到很晚才结束，我和鼓手在臧哥的要求下没有离开。拿到了小样后，我们一起坐在臧哥的那辆蓝色国产213吉普四驱越野车上，一路听到了城里。没想到经过缩混后我的声音变得还真的很好听，我自己随意增加的前奏部分的蒙族唱法也很有特点。再加上动感十足的编曲，加上第二段臧哥粗犷结实而又有力度的嗓音的出现，以及第三段我们合唱部分的默契，都在证明着这首歌的成功。大家越听越兴奋，臧哥说："今晚是睡不着了，我带你们去酒吧。"

没过多久，《山歌好比春江水》被定为开台歌，我和臧天朔还有乐手们在600名穿着刘三姐服装的女孩子们衬托下一起演唱了这首足以引起轰动的歌，场面别提多壮观了！就是到现在我也忘不了那一幕——当我们下场的时候，很多演员、化妆师以及工作人员纷纷从休息室里跑出来看是谁唱了刚才那首歌。

我该
浅浅地微笑
还是该　轻声叹息
在晨冬那一抹
璀璨骄阳里
在你灼人欲眩的
深邃目光里
我无法开启　那扇
通往尘世的窗

——《窗》

这之后的一天，臧哥给我打电话说：“你今天一定要打扮得靓丽一些，我带你去见一个人。”

我不太知道我怎样才会变得更漂亮一些，我对自己的外表向来不太在意也没太多自信。那天我穿着苹果绿的军靴、银灰色棉布质地的夹克和蓝色牛仔裤。牛仔裤的裤腿被我挽成了七分裤，刚好露出整个军靴，没有化妆。

在约好了的地点等了一小会儿，就看见臧哥的那辆蓝色切诺基远远驶来。坐进他的车里，我问他要带我去见谁，他说要见一个唱片公司的老总，然后上上下下打量了我一会儿说：“今天你很漂亮。”我被他这么一说有点惊讶，在乐队里和男孩子们合作久了，他们对待我就像对待自己的同性，很少涉及到“漂亮”这个词。我不知道该怎么回答就什么都没说，只是坐着没动，估计脸上也没什么欣喜的表情。臧哥说：“我从没见过像你这样面对赞美却永远无动于衷的人。”当下我心里琢磨，下次有人再夸我时我是否应该有点什么表示，比如欣喜啊，说声谢谢什么的。

车子七转八转的我就被转晕了，也不知到了什么地方。终于到了目的地，臧哥停下车对我说：“到了，我们上去吧。”那是一个进门还要证件的大楼，办完手续后我们上了电梯。电梯开到五楼便停了下来，我和臧哥走进了一间雅致的办公室，里面早已有人等候在那里了——那是我未来的老总江凌江总和公司里专门负责艺人的艺人经理人尹青。尹青在很长一段时间里都是我的经纪人，我们一直都是要好的朋友，在我的第二、第三张专辑里你们可以看到她的名字。有一段时间我在为自己的专辑担任监制的时候，她对我的生活及感情动荡给与了无私的帮助。在这里感谢她。（录制专辑时，监制的工作是最艰苦的，不是录完之后听一遍那么简单，而是要每一首歌、每一个小节、每一个声部、每一个音符都从头监制到尾。这需要你具备完全专业的音乐知识，不是外行就可以做到的。我的所有专辑除了第一张和第二张的部分歌曲，几乎全部都是我自己来做监制的）。

见到我，江总显然很开心，打过招呼之后又仔细打量了我一番，笑说："看你怎么像个军人的样子。"接着就跟臧哥谈起了他们之间将要合作的一件什么事。我一听跟我没有太大关系，脑子就开小差，悄悄打量起眼前这两位女士来。

江总的气质很好，整个人精神极了，那种精力充沛的状态马上让我联想到了老电影里革命的女共产党员。我猜她从前一定是个军人吧，这一点马上从摆放着的照片上得到了印证。而尹青看起来却有些过于颓废和腼腆，黑黑的短发胡乱地贴在脑袋上，没有化过妆的脸和过于随意的衣着让我感觉她一定是个自我而又反叛的人。果然，在之后跟尹青的接触中我发现，她真的是那种不屑于为男人去刻意打扮而又极有头脑极其聪慧的人。由于我们的年龄相仿，在以后的岁月里我们很快就成了无话不谈的好朋友。

从江总的办公室出来，臧哥对我说："江总对你的印象很好。"我说："真的啊，我没看出来。"他说很明显啊，我想我之所以看不出来是因为自己不大自信的缘故吧，这是老毛病，除了在舞台上弹琴的时刻，我几乎在大部分时间里都是腼腆的。之后我们便不再说话，各自想着心事。许久，臧哥说："她们要是签了你，不久你就会成为全国瞩目的歌星了。"我说："那怎么可能！"臧哥说："你看着吧，

首张专辑《新世纪》宣传照，摄于锡林郭勒草原，2000 年。

绝对没错。”他就是这样，比我自己还相信我。

真被他说中了，那年五一黄金周快要到了的时候，江总和尹青带着合同来到了臧哥的俱乐部，赶着在节前跟极不情愿的我签了约。从此，我成了一个名副其实的签约艺人。年底由臧哥担纲制作人的专辑上市了，专辑的发布会选在了新世纪饭店对面的皇家俱乐部。臧哥说："太巧了！你瞧，那栋大楼都是你专辑的名字，'新世纪'，我看今天的新闻发布会一定会很成功。"那是我头一次知道还有一个星级的饭店叫"新世纪"，臧哥说："我们就去'新世纪'吃午饭吧。"

发布会成功了，在第二天的报纸、电视上都是当天发布会的消息。那一年，一切对我来说都是那么不可思议。我真的在一夜之间冲击了中国的流行乐坛，成为了一颗耀眼的新星。

噢　你们
闭上你们的嘴
用心去聆听
不然你们怎么会懂
那一地一地的落叶
究竟会不会
记忆着对夏天的眷恋
不然你们也不会懂
苍茫大地
我们只是一粒粒细沙
不要与那满树的知了
同流合污
去聆听晨风带给你们的喜悦
去看那孩童清澈的眼神
去寻找你们内心角落里
哪怕是微不足道的感动
用尽你们的气力
呼唤出你们潜藏的善良
请你们微笑吧
带着你们的自尊
带着你们的勇气

那么我将为你们欢呼
那么我将为你们歌唱

——《哦　你们》

你阴沉着的脸
终不能颤动
自由者的　微微一笑
我的淡定　是为
我的生活　我的快乐
我和你的　距离
我庆幸　我的生命
我的心　我自由的呼吸
从不再有　昨日的忧伤
惊恐着的小鸟
扇动着逃离前的翅膀
哭泣着对我鸣叫
哦　你不再是从前
那个无助的女孩

——《自由者的微微一笑》

我开始变得忙碌起来，成了名副其实的空中飞人。到各地宣传，上电视节目，去电台作访问，参加种类繁多的大型演唱会等等，一时间没有了自己的生活。我的档期总是被公司排得满满的，满到自己的心理和身体都承受不了为止。那时候我的体重迅速下降，到了2000年的年底体重降已经不足九十斤，整个人瘦成了皮包骨，看起来好像一阵风就能把我吹倒。

那一年也是我得奖最多的一年，全国各地所有排行榜的最佳新人都像商量好了一样颁给了我，以至于我被媒体戏称为“新人王”。

我的日常生活却乱了套。我在长虹桥附近租了一套小房子，不足三十平米，整天往下掉墙皮的小房子，在那几年里都成了我在北京舞蹈学院学习舞蹈的同学们的集体宿舍。一年里有多半时间我都不在北京，因此她们每天帮我打理，把小家收拾得井然有序。多亏有她们在，那段时间给了我不小的心理安慰。有时回到家里还能喝到正宗的奶茶，几个女孩一起聊着过去，聊着未来，聊着每一个人心目中理想的爱情，那样的日子还是很快乐的。

工作状态下的我却没那么乐观，常常，在鲜花和掌声后回到酒店房间里，我变得孤单而又忧郁。除了工作，我几乎拒绝了所有社交，整日把自己关在酒店的房间内。我不喜欢近在咫尺的品头论足和因为我的拒绝所引起的不快，有时候转身还没走远，刚才还满脸堆笑的人转眼翻脸，那些“有什么了不起，不就是个唱歌的吗”这样的话像锥子一样跟过来。我也总是习惯不了路人对我的指指点点，尽管大部分人并没有恶意。我知道，人们有时只是好奇那是谁谁谁，怎么跟电视上一点也不像，或她怎么那么瘦等等。为此常常觉得自己实在不合适

首张专辑《新世纪》宣传照，摄于锡林郭勒草原，2000 年。

做明星。在网络空前发展的今天，这种感觉尤为严重。我想，我永远成不了一个会耍大牌的明星。

我曾看过一个绯闻比较多的女演员博客里网友们给她的留言，当然那都是匿名的。有些留言恶毒到令人震惊的地步，好像留言的人跟她有深仇大恨似的。那么试问，一个八竿子打不着的人，与你的生活毫无关系的人，甚至你连面都没见过的人你怎么可能恨她到如此地步呢？有时真的想不太明白。幸好自己的低调没有引来更多人对我的妒恨，但那些足可以令你灰心的留言还是会偶尔惊现，也只有自己私下里消化了。还好，现在我已经学会了从容面对，学会了视而不见。

将我的秋日
缀满鲜花与果实
并且将这信息
传达给你
在秋与冬的交汇处
我宁愿用
冰凌织就的玉季
来锁住
对夏天的纵容
和对你
无梦的感慨

——《秋与冬的交汇》

首张专辑《新世纪》宣传照，摄于锡林郭勒草原，2000 年。

家里的照片墙。

附

我的孩子们

文 / 毛梅花

尽管孩子们都成长了，然而母亲河还是年复一年，无怨无尤地流淌着潺潺的爱，只有这样她的心才能涌满一种温馨的幸福感。

我爱我的女儿们。在她们还是婴儿的时候，我几乎不分昼夜地陪在她们的身边。每隔两小时的喂奶、没完没了地洗尿布、给她们洗澡等这些繁琐的事情消耗了占据了我的所有生活，可是我的心里却是满满的幸福。我的念想、我的视线，一刻也没离开过她们。她们是我生命里的组成部分，是我生命的宝贵财富。

她们现在都长大了。可是她们亲爱的阿爸却离我们远去了。而我这阿妈，就更加离不开她们了。我的衣食住行，我的分分秒秒，都在她们的关怀和帮助下度过。我的女儿们个个都孝顺，我是这个世界上最幸福的妈妈。我把四个女儿比作是我们家的四棵常青树，是我们家的四根铁柱子，缺了一个房子不会牢固。

她们是我的精神力量。我在这里衷心地希望文静、托雅、格日乐、塔娜四个姐妹们，无论在任何情况下，无论有多么困难和险阻，都要团结一致，互相帮助，互相体谅，共同过好每一天。

我小时候，因为家里的经济状况不是很好所以过于深刻地理解到贫穷的滋味。缺衣少穿、野菜度日是常有的事。疲惫的母亲脚下站着几个大小不一的孩子，眼巴巴地渴望着吃饱饭，渴望着穿暖衣服，渴望着上学的情景在那个年代随处可见。如今，我们的国家富强了，我们人民的生活提高了，我们一定要珍惜这来之不易的生活，要珍惜每一分钱，一定要把钱用在刀刃上。一定要感谢党领导得好。

自从女儿们的阿爸去世后，我的女儿们更加珍惜我这个阿妈，她们用各种形式给我找乐，给我温暖。

大女儿文静，在锡林郭勒上班，我和她爸的单位都在锡林郭勒，所以，有的事情由文静代办。

二女儿托雅，一直和我们在一起，家里的大小事情由她忙忙碌碌，还有毛毛（外孙子）跑前跑后。

二子（我这样叫托雅）对生活乐观向上，她学会了中国的水墨画，也因此让我家满屋子开满了美丽清新的荷花。荷花，荷花，和和美美，漂漂亮亮，多么的喜庆啊！希望二子的荷花越画越漂亮。荷花兴隆，蒸蒸日上。

格日乐是我的三女儿，她有较高的音乐天赋。最近，她在做一件在我看来对保护我们国家的文化遗产很有意义的事情——将各民族经典民歌重新编曲，配器，用原民族语言演唱，然后做成新专辑。她说如果可能，要把56个民族的歌曲全部收录。我希望，格日乐用她美好的歌声，讴歌草原，赞美祖国，歌颂我们伟大的中国共产党。

希望，我的小女儿奴奴（塔娜）越活越漂亮，祝她们一家三口和

托雅、塔娜、格日乐、我、文静（从左至右）

和美美，快快乐乐！

我希望，我的天空，越来越灿烂，我的生活越来越幸福，我的人越来越健康！

秋菊

文静于1962年8月27日生在锡林郭勒盟医院。“文静”这个名字是她上班以后自己取的，小时候我们管她叫“秋菊”。因为是第一胎，发育较好，所以出生的时候是轻度难产，脐带缠了她的脖子三圈，这让我整整难受了两天一夜。当时我的丈夫包振荣在内蒙古军区医院治病，我的母亲远在科尔沁草原，所以身边都没有一个人照顾我。

也多亏了我们家对门的大娘，是她教我这个即将要做母亲却完全

与格日乐、外孙嘉豪、丈夫包振荣、塔娜（从左至右）在家聚餐。

没有概念的腼腆姑娘怎么对付孕妇的种种麻烦。也是她提醒我，丈夫不在家没人照顾应该早早去医院。我听了她的话，要不不知道会发生什么事。

秋菊生下来的时候，头顶上有个鸡蛋大的疙瘩，好像小孩子们玩的皮球。当时我害怕极了，这么漂亮的孩子，头上有个疙瘩以后可怎么行呢？医生见我那么着急，就安慰我：这是正常情况，过两天就好了。几天后疙瘩果然不见了，我才放下心来。秋菊长得白白胖胖的。产房别的孩子的小身体要么是红红的，要么是黑黑的，唯独我家秋菊白白的几乎像个透明的小娃娃。医生调侃着说秋菊就是个白种人，这话惹得全房间的人都争着抱我的孩子。

有了秋菊，我的生活开始变得忙乱。因为还要上班，带孩子，做家务，对于我这个新妈妈着实有点吃不消了。那时候，单位规定的喂孩子时间是20分钟，可有的时候回到家里看见孩子拉粑粑了，或者尿尿了，总想着自己收拾干净再走。这样忙来忙去，就过了半个小时了。回到单位，好像小偷似的，偏偏碰上领导和同事，更是像罪人似的特别不好意思。

接下来是，让谁带秋菊是件重要的事。没有办法，我只能同对门的大娘商量，让她看秋菊。这样，开始的时候让对门的大娘看了一段时间秋菊。可大娘家里也是一堆一堆的家务，所以也腾不出更多的时间照看还是婴儿的秋菊。一次我回家喂奶时，看见大娘在外屋子，拉着风箱子，做饭。她把我的秋菊用一根长绳子绑在里屋炕上的窗户框子上。我进门就看见秋菊用她的小手抓着粑粑往嘴里送。见到这个场面我这当妈的都快急疯了！眼泪不由自主地往下落，心疼到滴血。即使现在想到那个场面，我的心还是会痛。

我下定了决心，绝不能再让孩子受这个罪了。

过了一阵子，我从遥远的科尔沁旗草原把我妈接了过来，专门帮我看管秋菊。我妈叫包套特格，典型的饱经风霜的蒙古族老太太。她那时候六十多岁，身体情况还很好，走起路来，腿脚轻便，腰板直直的，成年里穿着她那件很旧的长袍子。我的妈妈无论是理家还是带秋菊都十分利索，我那因为忙于工作而疏于打理的家没几天就变得整洁干净起来。秋菊的穿吃相比之前不知道要好了多少。为此我很感谢我的母亲。

秋菊跟她姥姥十分亲，姥姥也很喜欢她，我的脸上也露出了平日少见的光泽。为了省事，我们给秋菊剃光了头发。穿着红棉袄绿裤子的秋菊一直都很像个男孩子，的确，她跑得也特别快，性格也像个小男孩，很是淘气。

有一天，她姥姥同往日一样，牵着她的小手到院子里，一边收拾，一边带着她玩。可也不知道什么时候，小秋菊就没了踪影。她姥姥急得满头大汗，房前房后，左邻右舍都找遍了，就是没找到，一时间不知道该怎么办才好。中午我和老包下班回家时，姥姥哭着告诉我们，秋菊丢了。大家一下慌了手脚，连饭也顾不上吃就去找，一边跑着，一边喊着——而我们的孩子踪影全无。这个时候，我回头看见我妈正俯身往一口枯井里看，这一下可把我给吓坏了！突然脑子里出现了孩子掉到枯井里的想法，接着我的两条腿软得再也没有办法走路了。后来好容易让她爸扶到枯井口，我们三个人在枯井口边喊边哭边使劲往里看。这枯井很深，里面黑洞洞的。喊了半天，枯井里除了我们的回声根本没有其他的动静，大家这才松了一口气，而我的两条腿也慢慢地缓过劲来了。

我们整整找了一个下午，连影儿也没找到，大家又累又饿，实在没有办法了，只好向当地派出所报案了。我们坐立不安地等待着好消息传来。这时候已经是晚饭时间，全家人聚在灯光下，焦急地在电话机旁守候着。一直到晚上八九点钟的样子，我们终于盼来了派出所的电话，说捡到一个小男孩，根据他们描述的样子：红棉袄、绿裤子、光头，我们立刻断定那就是我家淘气的秋菊。听到这个消息高兴极了！我跟老包冲出家门，一路跑着来到派出所，在值班民警的带领下，来到一户人家。我们还没进门呢，就听到秋菊同那家孩子玩耍的声音。你知道吗？我们推门进去时，秋菊连看都没看我们，手里拿着人家的馒头在那正起劲儿吃呢。看得出，我家孩子同那个孩子玩得好着呢，没饿着，也没渴着。

还有一次，秋菊大点了，我忙着做家务。火炉子上的一大茶壶水开了，沸腾起来，秋菊看到后着急地把大茶壶水提了起来。由于茶壶太大，水又多，她人又太小，在匆忙中，开水洒在她的两个小脚上，顿时起了个大泡，又红又肿，疼得哇哇乱叫！那次秋菊受罪了，很长一段时间两个小脚都得涂抹着厚厚的药膏，那种烧伤的痛，实在不是孩子应该承受的。我这当妈的，心都碎了。碰到要好姐妹提起这件事时，她们说，秋菊那么小懂得提茶壶，真是好样的。听到她们的赞赏，我的心还稍微宽了一些。

秋菊是个懂事的孩子，五六岁的时候就开始帮着我做些力所能及的活。早上我们都上班了，她都会学着大人的样子扫地，收拾屋子。后来小小年纪的秋菊学会了做饭，在我们上班回来前已经做好了饭菜等着，一家人吃得别提有多香了。

当年的小秋菊，如今已经是大人了，不但工作出类拔萃，也做了妈妈。可她仍然为我们的家族尽心尽力。每到过年过节，她都会带着丈夫和儿子，带着她喜爱的小泰迪泡泡，带着家乡的土特产来到北京和我们一起分享。我的女儿秋菊是最棒的。

二女儿托雅

托雅，我平时叫她二子（儿子的代名词）。托雅，翻译过来是：红彤彤的太阳，照到哪里，哪里亮。二子，在我的心目中是最牵挂的孩子。她从小心地善良，厚道。小的时候从外面玩儿回来，她那两只手冻得裂着血口子，她都不会保护好自己的两只手。她小时候同样喜欢唱歌跳舞。她在学校的演出我看过多次。那个时候因为没有人引导，所以对她的爱好没有太多的培养和重视。如今，二子的艺术天分渐渐显露，除去学会了水墨画，在大场合唱两首歌，跳跳民族舞、拉丁舞也是常有的事。

二子和我们很有缘分，至今跟我们在一起，是个孝顺又善良的孩子。记得她的小妹还小的时候，为了让我多休息一会儿，她常把小妹用小推车子推到外面，绕楼房转悠，等小妹睡着了，她才悄悄地将小妹推回屋里，这时候我们也就休息好了。

有一次，她爸来北京领她玩儿来着。她爸问她喜欢啥？买啥不？她只要求在天安门广场、万里长城等地合影留念。就这样照了很多相片带回来，给大家讲述每一张照片背后的故事。现在她仍然在为整个家庭尽心尽力。家里的大事小事不但有她跑前跑后，她的朋友们也会来帮忙。比如，她爸病危期间多次住院、出院，都由二子和她三妹、外孙子毛毛跑前跑后地忙碌，安排得井井有条。

如今，托雅比小时候更加聪明伶俐了，她每天在乐观向上地学着画画，她画的荷花满屋子都是啊！荷花荷花，和和美美！我这当妈的看在眼里，乐在心中。我开玩笑说我们家有歌唱家了，现在又有画家了，我呢，如果能做一个作家，不就成了艺术之家了吗？哈哈，我这是在开玩笑呢，我离作家十万八千里啊！不过呢，我总想为这个家增添一份光和热啊！这是我的心里话。

斯琴格日乐

格日乐是我的三女儿，是我们家充满活力的快乐孩子。我平时叫她三儿（三儿子的代名词）。她是歌唱演员，只要有演出任务，不分白天和黑夜，不分时间和地区，就算自己正在发烧感冒，她都会无条件地服从。她总是把最好的、最灿烂的一面展现给全国的观众。其实，在这些的背后，有泪也有疼，有心血也有汗水，可她从没有任何怨言。

现在让我们把镜头拉回到快乐孩子出生的那天。格日乐出生在内蒙古锡林郭勒我的家中。那时候，我们家住在锡林郭勒军分区的家属楼里，我们的门上贴着金光闪闪的四个大字“光荣之家”。生格日乐时，正值“文化大革命”运动非常激烈的时期。格日乐的阿爸——包振荣，也是一位革命军人，是中国共产党党员，还是锡林郭勒军分区的保密员。有很多党和国家的绝密文件，都要经过他的手，收后送到各级领导手中。所以呢，这突如其来的风暴也将包振荣卷入其中。

开始时，他被批斗，隔离，关进了单间牢房，说他是“内人党”，可他自己只承认是中国共产党党员。这一关牢房就是一年多！我自己带着两个年幼的女儿和未出生的格日乐，日子过得很艰苦。我还上班呢。更艰苦的是，我也受到株连，被称作是“黑帮家属”，受到不同程度的歧视。我还没坐满月子的时候，就被拉到批斗会场，逼我赶快交代老头子的内幕。不过呢，最终我们经受住了这场风暴的考验，这场考验虽说不用经历战场上那样的枪林弹雨，可最起码的也是经历了一场血与火的洗礼。不过呢，因为我们都是老党员，经历得越多，也越热爱我们伟大的中国共产党，热爱我们伟大的祖国，无论任何情况下，祖国总在我们心中。

当年格日乐是在12月18日出生,我是在17日下午开始肚子痛的。那个年代我们家没有洗衣机，我只好用手洗衣服。突然感觉到肚子痛，我便放下手中的活，躺在床上休息。后来直到18日的早晨，疼痛不断加剧，我自己知道是快生了。当时家里只有两个年幼的女儿，老包在牢房呢，我心里很着急，也十分害怕。我们的左邻右舍都是所谓的“红五类”，把我们称作是所谓的“黑帮家属”，平时就用另眼看待我们，不好去求他们帮忙。不过，我们邻居有个张大嫂，她心地善良，乐意帮人。我想了想，只能求张大嫂帮忙。

我让大女儿秋菊请张大嫂过来。张大嫂看了看说：“你快生了，我们上医院吧。”我们家也没什么交通工具，如果走着去医院很危险，医院又离我们家很远。张大嫂又想了片刻说：“咱们请接生婆吧。”她说完出去，一会儿回来说，接生婆不敢来（因为当时说我们家是“黑帮家属”）。这个时候我想到了部队有个规定，有什么事情必须得事先报告，方可执行。张大嫂便跑出去，也不知道从谁家里打了电话给锡林郭勒军分区医院。当时我心里很焦急也很害怕，这毕竟是生与死的关头呀。

说来也巧，这个时候，我的娘家小哥哥和嫂子来看我。他们的到来，给了我很大的精神安慰（我小哥叫毛奎元，我嫂子叫武翠华。我小哥当时是锡林郭勒盟委代理部长，当时他也是被怀疑的对象，这件事之后不久，他也被关进了牛棚）。

后来不一会儿的功夫，军分区的医院派来了胡医生，这位胡医生是内科医生，对妇科不全懂。她总问我：“你快生了没有？”把我弄得哭笑不得。这件事之后我才知道这位胡医生是给黑帮们看病的。胡医生让张大嫂找来一块塑料布铺在我身下，我嫂子烧了一盆温水准备接生。接着，随着产程的加快，我感觉我的整个身体仿佛撕裂一样的疼痛，经过了一场生与死的疼痛，我实在难以忍受，没办法大声哭了起来。这个时候，在外屋的小哥着急不安，写了一个纸条，让我嫂子递到我的手上。我记得，纸条上写着："梅花小妹，孩子是老天爷赐给你的小生命，你要咬咬牙，再忍耐一下，孩子会生下来的。"

亲人的话的确给了我很大的精神力量，经过了两天一夜的痛苦，一个小生命终于诞生了！这时候窗外红彤彤的太阳，慢慢升起，屋里的我早已忘记了生产带给我的绝望、痛苦。见到小生命格日乐的第一感觉，只有喜悦了。我小心翼翼地将格日乐仔细打量着，只见她的眼睛挺大的像我；她的鼻子高又尖，像我；她的额头很大，很光洁，脑门上的奔儿头很大，像她阿爸。我想这是聪明伶俐的标志吧。她白白净净，眉眼之间透着几分机灵，特别惹人喜爱。

格日乐的出生是在我一生中最难忘的一件事，那种环境，那种困难的情况下，生下一个小生命，真是一件不容易的事情。之后我做的第一件事情是，勉强撑起虚弱的身子给在座的各位磕了三个头。他们都很激动，接着洗好格日乐，给她穿上了从北京捎回来的连身娃娃服，素雅的花色，衬着白皙粉嫩的肌肤，格日乐看上去像可爱的洋娃娃，又像是传说中的美丽小公主。

之后，我们用小勺子小心地给她喂黄油，目的是让她顺利地将体内的脏东西排出来。之后的日日夜夜，每隔两小时喂奶，没完没了地洗尿布，格日乐的出生给我的生活增添了几分色彩。日子很快就过去了，起初的激情冲淡了，面对繁重的家务、工作、大大小小的三个孩子，我渐渐平静下来。对一个有工作的妈妈而言，生活的确不是那么简单的事情。孩子们正在长身体、长知识的年龄。除了给她们吃饱穿暖外，还要给她们调剂一些营养食品。这时候的我不仅仅是要付出辛勤的劳动，还要付出所有的心和血才行。面对现实生活中的实际困难和问题，不得不张开双手重新振作。认真处理好生活和工作之间的关系和矛盾，重新审视如何让孩子们好好成长成了我眼前的大问题。

这时候，格日乐一天天长大。她只要给笑笑，挥挥手，我那一天的疲劳就随风而去了，心情很快由累转成愉快。是啊！每一个孩子都是妈妈的心头肉，是我们做父母的宝贵的财富，是生命的延续。这样想来，每天起早贪黑地把每个孩子打扮得漂漂亮亮的，走在大街上，碰着的人说我这几个女孩真漂亮，我内心的喜悦不言而喻了。当小格日乐又咿咿呀呀地叫爸爸妈妈时，股股暖流传进我的全身。小格日乐到学会走路时，全家人更是再一次充满了欢声笑语。孩子们总是给我们无尽的希望和期待。

格日乐也总能给我们带来一些惊喜。有一段时间，她总是入神地盯着一个方向，清澈的眼底闪烁着奇异的光。家里人们说："小格日乐好像思索着什么高深莫测的事情呢。"我听了哈哈大笑说："这么一点小东西，有什么高深莫测的事情呢？"过了几天，果然不出所料，小格日乐就会发出发电机的嗡嗡声。你只要跟她说："格日乐，发电了！"她就会马上发出发电机的嗡嗡声。还睁大眼睛打量着周围的动静。可能对眼前新奇的世界，只有她懂得的赞叹吧！

她六个月的时候我就用一些动作和语言同她交流，比如说"对脸蛋儿啊，对鼻子尖儿啊"，边说着，边把我的脸蛋儿，鼻子尖儿贴近她的脸蛋儿和鼻子尖儿。这个时候，小格日乐很高兴，跟着我做动作，边学着说话。格日乐八个月的时候，她的阿爸才从监牢里放出来。我们全家人团聚之后，做的第一件事是，花去所有的储蓄，来到我们伟大的祖国首都北京，在天安门广场合影留念，证明我们不是“内人党”，我们是中国共产党员。相片的后面有我们伟大的领袖毛主席像，相片的边上，我们还特意刻下了“永远忠于毛主席”七个大字。光阴飞逝，如今照片已微微发黄，带着岁月留下的斑斑旧迹，失去了昔日的光影，但上面凝聚着的微笑的场面，仿佛在昨日一样。

我不记得，格日乐什么时候学会唱歌跳舞了。不过呢，她是很小很小的时候就开始喜欢唱喜欢跳了。在文革时期，因为部队家属楼白天黑夜都有喇叭不停响着，宣传派性的观点，我因此患上了精神衰弱，还有中耳炎。直到今日，听力不好、流脓等现象都是常有的。就在这个时候，我女儿格日乐的歌声让我重新振作精神，也可以说是治好了我的病。

我记得是这样的，有一天我很难受，正躺在床上休息，禁不住呻吟起来，这个时候正在玩耍的格日乐闻声过来，用惊奇和怜惜的眼光看着我。我强忍着向她笑笑，她便拾起玩具靠在我的床头边玩边哼哼着歌儿呢，像是经常在收音机里唱的：“我爱北京天安门，天安门上太阳升。”我听着听着，被吸引住了，不怎么难受了，我惊奇地跟她说：“格日乐你再好好唱一遍。”她听了，便又开始唱起来，还有动作呢，唱到“我爱北京天安门”时，她用两只小手覆盖在自己的胸前，唱到“天安门上太阳升”时，她把双手高高举起来，表示着一轮红日冉冉升起的样子。那个年代家家有一个小收音机，没有电视机，格日乐不知道什么时候就学会了，哈哈！后来的日子里，我如果听不到她唱歌，看不到她的表演，就觉得少点什么。我喜欢她唱的歌，温暖如春，就这样我的病也好了。老人们说啊，看一个孩子从他三岁看起，就是这么回事呀！那个时候我就说过，格日乐是我们家未来的歌唱家呢。那个时候她也就是两三岁的样子吧。

再后来，小格日乐渐渐长大了，我和他爸各自都有自己的工作，家里没人带格日乐，那个时候也没有幼儿学校，这样呢，没办法，格日乐还不到六岁的时候，我们便托人让她提前上学了。考虑到她上面两个姐姐都学的是汉文，轮到格日乐，便让她上了锡林浩特蒙古族学校，学本民族的文字，还有口语等。

学校的老师们都很喜欢格日乐，她那能歌善舞的爱好，自然就得到了发挥，没多久，那么一点点大就成了学校的文艺骨干力量，经常参加一些学校组织的文艺活动，学习成绩也不错，每门功课都在80分以上，并没有影响学习。记得有一次放学后，她一路小跑回到家，推开门一头扎到我的怀里，告诉我："妈！我加入少年先锋队了，快看我的红领巾！"我一看，真的是，她的脖子上系着鲜红的红领巾，脸颊映得红彤彤的。我高兴地一边忙着用毛巾擦去她额头上的汗珠，另一边想给她取下书包和红领巾，连声说："不错！不错！你真是好样的，妈妈祝贺你了！"说着让她摘下红领巾，叫她洗把脸。格日乐说什么也不摘红领巾，看见她系着红领巾甜蜜入睡的样子，我心想，格日乐在成长，当上国家的小主人了，我们的国家有希望啦！

在以后的日子里，格日乐在学校领导和老师们的不断培养和教育的同时，也得到了更多发挥特长和潜能的机会。她参加了学校组织的

“草原希望”活动，她身穿洁白的蒙古袍子，腰间系着鲜红的绸带子，头上扎着粉色的头巾，微笑注视着远方，好像望着草原外的北京。很快，注视着远方世界的照片刊登在当地《锡林郭勒日报》上，照片至今完好无损地保存着。不久之后，在内蒙古《妇女指南》封面上又出现了她的身影：在广阔无际的锡林郭勒大草原上，伴随着悠扬的马头琴声，她昂首微笑着，注视远方，似乎在努力寻找着茫茫草原外的金色世界。她这时候真像是锡林草原上绽放的小花，生生不息，这正是本次活动所希望的效果。

我们的家风是简朴的，我们的家规是严格的，这些家规，首先从我们大人做起。比如：热爱祖国，热爱人民，热爱我们伟大的中国共产党。还有遵纪守法，尊老爱幼等等。我们家没有男孩子，但我们对女儿们的要求非常严格。无论在任何情况下，无论做什么事情，我的女儿们都能独当一面，不谦虚地讲，我的女儿们比周围的男孩子们强。在孝顺我们老人方面，家里家外的事业方面，我始终坚信我的女儿们不比男孩子差。我的女儿们做事有头有尾，井井有条，非常有秩序。

说到格日乐，她从小独立能力很强，从小自己洗头，洗衣服。那时候，我们家没有洗衣机，得用手洗。再说我的孩子多，又上着班，我没有能力给她们洗，全靠她们自己来洗。格日乐的学校离家里很远，我们没有时间来回接送，全靠她自己来回走。她每天早早起来，整理好自己的床铺，梳洗完毕，吃完早点，背上书包早早上学去了，从来没有接送的习惯。锡林郭勒的天气变化无常，冬天风雪交加，刮着白毛风，遮天盖日是常有的事。有的时候，我们给格日乐带两个馒头和一些酸菜。夏天在学校树荫底下，她和同学们聚在一起吃。冬天呢，

家乡水库边，文静、托雅、格日乐和文静的同学。

格日乐第一次跟随父母来到首都北京，八达岭长城留念。

学校下课的时候，她就在学校的炉子上加热着吃。不过呢，格日乐大多数的时候还是顶风冒雪地赶回家来了。

有一天，我发现格日乐带了三个馒头，但她小小年纪根本吃不了那么多呀。于是我同她好好谈了一次话，这才知道，原来她们班有一位同学，常带些玉米面发糕吃。格日乐看人家吃得很香，她也想吃，所以就会用两个馒头和人家换一个发糕吃。那个年代，物资缺乏，白

锡林郭勒镶黄旗，七八岁大的格日乐、姐姐和姐姐的同学。

面大米称为细粮，老百姓都凭票供应。大多数人家留着过年过节才吃细粮。我们是部队家庭，相比之下细粮多一点。这是孩子对外界情况不太了解，是可以理解的呀！通过馒头和发糕交换的事，孩子们的好奇心也得到了满足，想到这里，我对格日乐没太多的指责，反而觉得，我的女儿格日乐是多么可亲可爱呀。

格日乐的小妹奴奴出生的时候，格日乐说的第一句话是："怎么这么难看哪！"其实刚出生的孩子，大都是皱皱巴巴的，不太好看。那怎么样能让小妹好看呢？小格日乐又在动脑子了。想了想，她主动提出来，放学后去离家很远的三河牛场打一斤牛奶回来。她想啊，小妹喝了牛奶，一定会胖起来，就好看了啊！

那年初秋，锡林浩特，十岁的格日乐和小伙伴。

在这之前，格日乐已经学会了骑自行车，我们家有一辆带横梁的永久牌自行车，她爸每天骑着上班，只要得空的时候，小格日乐吵着要学自行车，不知道什么时候，她已经学会了！她人太小，如果坐在车座上骑车，腿就够不着脚踏，但她很机灵，她把腿伸过去，别扭着踩脚踏就学会了。她摔倒几次后，很快掌握了平衡，学会上下车了，就这样，小格日乐骑着那辆车子，天天打牛奶。日子过得很快，她小妹果真白胖胖的了，格日乐这时候美滋滋的，有一种很得意的样子。我高兴地说："我的三儿子真棒！"

后来她还用这辆自行车子带她的小妹妹呢。有一次因为下雪路滑，不小心摔了一跤，正好她小妹头冲下磕到了地面，半天没动静。

2006 年“琴愿为你”演唱会，格日乐（左）和塔娜（右）同台演出。

格日乐吓得以为小妹妹没气了，喊了半天，她小妹妹缓过劲儿来，格日乐才松了口气。

再后来，格日乐考上了内蒙古艺术学校，当年她才 11 岁吧。她上了艺校以后也一样，总是自己想方设法克服和解决自己的事情，关于她在艺校的很多事，我也是后来才知道的。学舞蹈得用五年的封闭生活，有伤心委屈，也有欢声笑语，对她来说是一个很大的考验，但是，我始终相信我的女儿格日乐，她最终会选择坚强，她总是自信坦然地面对自己的人生。即使，有了困难，也能够按照自己的理想去努力，去拼搏。我去过几次内蒙古艺校，格日乐都是在练功场汗水淋漓地练功呢。功夫不负有心人，毕业时，格日乐顺利地分配在内蒙古呼

2008 年，随文化部抗震救灾“心连心”慰问团在北川。

《非常女警》剧照

和浩特市民族歌舞团任舞蹈演员。

下面我借用《经纪人》杂志的两篇报道，做这篇文章的结尾吧

一、

格日乐是一个朴实无华的女孩，她有强烈的民族自豪感，她清纯的心容不得一丝半点对民族和国家的蔑视。《我自己》专辑的封面宣传照和MV是在日本邀请濑尾浩司造型摄影师拍摄的，拍摄中有一个场景选在咖啡厅，是格日乐和几个女朋友聊天的场景。咖啡厅的墙壁上悬挂着许多现实世界各地时间的钟表。有一个东京的工作人员说:“这里有这么多钟表，就是没有中国北京的。”或者说者无意，但格日乐由于爱国之情加上蒙古人直爽的性格，她说：“那是因为中国的钟表太大了，日本的墙壁放不下。”

我作为格日乐的阿妈，看到这篇报道，为我的女儿自豪！她是我们蒙古民族的骄傲。是一位了不起的姑娘。哈哈！我的女儿——斯琴格日乐，智慧多多哦!

二、

2003年3月9日，中央电视台同一首歌栏目组，慰问大同西山煤矿工人，格日乐也去了，煤矿的事故比较多，环境不好，演员下井演出不容易。格日乐说，工人常年累月在井下，我为什么不能？她下到了300米深处，走在坑道里看着洞口越来越小，最后变成了小白点。体会到了工人工作的不容易，在狭窄漆黑的坑道里，格日乐怀着感激的心情，为矿工们演唱。

斯琴塔娜

斯琴塔娜是我的四女儿，有三个姐姐的呵护，她小时候没受什么罪。她从小喜欢唱歌跳舞，在师范附小和锡盟盟中时，为参加学校的各项文艺活动，有的时候废寝忘食，因为她还主持节目，累得满头大汗。活动结束后，都是我把她背回家。高中毕业后，上的是北京民族大学，毕业后，她在深圳的二姐家，跑场唱歌。

1997年，她成为职业歌手，并参加过电视剧的拍摄，后连续六年在印尼巡回演唱。2010年1月24日，她担任姐姐斯琴格日乐“乐在其中”个人演唱会嘉宾歌手。2010年2月2日，她和姐姐斯琴格日乐参加维也纳中国新春音乐会草原放歌演唱会。她还参加过意大利的春晚。这两年，塔娜成了家，有了宝贝儿子嘉豪，所以很少出来演出，日子过得还算不错。每次从深圳回到北京，由于大都市生活和现代气息的熏陶，她身上蕴藏着一种超然的气质。

她的宝贝儿子叫嘉豪。嘉豪，2012年3月7日出生在深圳市福田区。当我写这篇文章的时候，他还不满周岁呢。嘉豪，聪明，伶俐，活泼可爱，是我们一大家子人的欢乐兔。四个来月会爬了，六个来月会坐了，现在扶着东西能走路了，他平时常模仿他三姨的动作，跟着他的三姨放声大唱，拍手。他有的时候想他妈妈了，想吃了，都会假哭，这个时候我就知道，他想要达到什么目的了。果然不出所料，就是这么回事，哈哈！小机灵！小兔儿！

嘉豪是在我本命年兔年出生的，这是老天爷赐给我的大恩大惠，我一定加倍地爱护他，珍惜他，嘉豪，姥姥爱你。

《东归英雄传》剧组照片

我和我的伙伴们

摄于伦敦街头，2012 年。

斯琴格日乐的
追梦履历

1981 年，考入内蒙古艺术学院舞蹈专业。

1986 年，毕业分配到呼和浩特市民族歌舞团任舞蹈演员。

1989 年，开始学习贝斯。

1990 年，组建苍鹰乐队，担任贝斯手。

1991 年，赴深圳寻梦。

1994 年，到北京寻求发展，乐队正式更名为“骑士”，录制并发表了第一首单曲《蒙古骑士》。

1995 年，签约天星公司，1996 年赴美演出，首次演唱自己的作品。

1997 年，录制了个人专辑，因种种原因未能发表。

1998 年，应邀担任超载乐队客座贝斯手。

1998 年，赴菲演出，之后乐队解散，并从此开始在酒吧演出。

1999 年，应邀为“新蜂音乐”合集《五分之二》录制两首单曲。

1999 年，加入臧天朔乐队担任贝斯手，随乐队在全国各地演出时，演唱了自己创作的歌曲《故乡》，受到热烈欢迎。11 月赴南宁参加首届广西南宁国际民歌节，并与臧天朔以及 600 名“刘三姐共同演唱臧天朔重新编曲的《山歌好比春江水》，并定为开台歌。

2000 年 5 月，签约正大国际音乐制作中心，成为一个自己作词、作曲、演唱的女音乐人。

2000 年 11 月，推出首张全新个人专辑《新世纪》。

2001 年 1 月，获 Channel[V] “华语榜中榜” 2000 年度最佳新人奖。

2002 年 8 月，推出第二张个人专辑《寻找》。

2002 年 11 月，获 2002 年广西南宁国际民歌节十大金曲奖。

2003 年 11 月 17 日，获金唱片奖“最佳摇滚女艺人”奖。

2005 年 7 月，推出由她自己包揽词曲及监制的全新个人专辑《我自己》。

2005 年，参演电视剧《东归英雄》，饰演“宗金”一角。

2007 年，饰演电视剧《非常女警》女一号娜仁花 。

2008 年，汶川大地震期间创作抗震歌曲《再大的苦难我们一起扛》，参加央视募捐晚会与众明星演唱歌曲《感恩的心》，并捐款。6 月，随“心连心”栏目一同深入汶川（北川，映秀，擂鼓镇等）灾区慰问演出，并亲手制作了布娃娃分发给抗震官兵。

2009 年 10 月 1 日，参加祖国 60 年大庆晚会，演唱歌曲《赞歌》。

2010 年 4 月青海玉树地震期间 ，积极参与各种赈灾活动，并录制了百名歌星共同录制的歌曲《让爱把世界点亮》。

2011 年 6 月，参加鸟巢大型红歌会；参加国家大剧院上合峰会演出，演唱蒙古歌曲《乌兰巴托之夜》；7 月，参与录制《北京欢迎您》的姊妹篇《北京祝福你》，向党的十八大献礼。

2012 年 12 月 18 日，发布沉淀七年的新作《山泉》， 包办了整张专辑的词曲创作。

2013 年 6 月 4 日，录制暖系列微电影。

2013 年 9 与 26 日，出席时尚健康粉红丝带活动现场。

2014 年初，携手维吾尔族、蒙古族、藏族、哈萨克族、汉族等民族音乐人组建带有强烈 World Music 风格的仙人掌乐队，旨在传承古老民谣血液里的音乐。

2015 年，自传《我的梦离你有多远》出版。